Jean-Pierre Wenger
Éditeur : Books on Demand GmbH
12, 14 rond-point des Champs-Élysées
PARIS, France
Impression : Books on Demand, GmbH
Worderstedt, Allemagne
ISBN : 9782322134267
Dépôt légal : Février 2019
Réimpression : Février 2021
Tous droits réservés pour tous pays

Jean-Pierre WENGER

LE DESTIN

Roman

Du même auteur :

QUESTIONS FONDAMENTALES, *BOD*

Avant-Propos

Pendant presque trente ans, j'ai partagé régulièrement mes repas avec des équipes de salariés, de directeurs, départementaux, régionaux ou des contrôleurs généraux, des formateurs venant de tous bords, diplômés de hautes études commerciales, anciens professeurs de mathématiques, diplômés de philosophie ayant rang d'ingénieurs, de cadres, etc.

Je retrace autour d'un fait divers, sans juger, des conversations, des provocations qui sont pour la très grande majorité, pour ne pas dire toutes, entendues et réelles.

Nous traversons la vie au pas de course, sans toujours être conscient des situations ou paroles que nous rencontrons et parfois nous sommes même étonnés de nos propres dires : « Comment moi, j'ai dit cela ? »

J'ai d'autre part été marqué par un professeur d'université qui avait déposé comme sujet de cours annuel : « la bêtise et la logique de l'erreur ». Il paraît que le rectorat lui avait demandé de confirmer trois ou quatre fois son choix, ce qu'il fit à chaque fois avec le plus grand sérieux et avec l'appui d'une bibliographie dûment constituée.

Je repense souvent à son cours magistral dans tous les sens du terme.

La vie nous apprend-elle à nous interroger sur la situation que nous venons de traverser, ou à comprendre pleinement ce que nous avons devant les yeux ?

Jean-Pierre Wenger

PREMIER JOUR

L'accident

Dans une petite rue du centre-ville du vieux Bordeaux, une fourgonnette plateau à double cabine s'arrêta pour manœuvrer en face d'un petit immeuble. Elle transportait du sable, une bétonnière, des sacs de ciment, des pelles... Des ouvriers en sortirent pour décharger le contenu pendant que d'autres oùvraient la porte étroite du garage d'une vieille façade. Pour entrer en partie dans celui-ci, la camionnette devait monter sur le trottoir d'en face et s'y reprendre à plusieurs reprises.

Les employés devaient réhabiliter les anciennes conduites d'eau, d'électricité et de gaz, du rez-de-chaussée au quatrième étage, reprendre certains enduits intérieurs, les câblages, la descente générale des évacuations, ainsi que le sol abîmé du hall d'entrée et du garage qui sentait le moisi et le salpêtre. Au troisième étage, ils devaient rafraîchir l'ensemble de l'appartement qui n'avait jamais été entretenu et que l'usage du temps avait malmené. Certains carreaux au sol étaient cassés, les portes des meubles ne joignaient plus et les murs et tapisseries hors d'usage retraçaient, par des éraflures et chocs, les déménagements successifs.

Le chauffeur s'énervait car il voulait rentrer une partie du plateau dans l'étroit hangar pour éviter aux employés des allers-retours fastidieux en portant des charges et matériaux encombrants. Les montants de la porte n'étaient pas larges, il fallait manœuvrer au cordeau pour entrer et ne pas heurter les côtés. Chaque transport comportait son lot de contraintes et des risques certains. Les ouvriers finissaient un chantier en cours depuis plusieurs jours et, au fur et à mesure de l'avancement des travaux, apportaient les outils pour démarrer celui-ci.

À côté de l'entrée du garage commun qui servait plutôt de lieu de rangement pour les vélos et divers objets inusités logeait un vieil homme actuellement absent ; il était parti dans le Midi chercher le soleil chez sa fille. Au premier étage résidait le buraliste, marchand de tabac de la rue perpendiculaire dont la femme handicapée tenait très souvent la caisse du magasin. Au deuxième vivait une jeune femme, seule avec un petit enfant blond aux cheveux bouclés. Les voisins les voyaient passer régulièrement ; elle marchait avec entrain, sa robe sage légèrement au-dessus des genoux se balançait à droite et à gauche en mouvements rapides. Toujours souriante et pimpante, elle menait sa vie avec courage. Le petit garçon sautillait à côté d'elle, le long du trottoir comme un moineau, pour suivre la ligne de bordure et ne pas tomber. Comme il était espiègle et se faufilait partout, la maman avait peur qu'il passe entre les barreaux du balcon. Quand il faisait beau, elle l'installait dans un petit lit en bois à barreaux ajourés que celui-ci appréciait particulièrement et dans lequel il aimait laisser libre cours à son imagination et à ses rêveries.

Au troisième, un couple de professeurs avait acheté depuis peu l'appartement. Lui enseignait les mathématiques dans un collège, elle, le dessin et les deux se passionnaient pour l'histoire de l'Égypte ancienne. Au quatrième et dernier étage s'était installée, il y a quelques années, une dame retraitée des finances qui partait souvent retrouver son homme habitant une très belle maison non loin de la ville près d'un prestigieux village viticole. Chacun vaquait à ses occupations, se saluait en se croisant, échangeait quelques politesses d'usage, des questions sur la santé et les réussites des enfants ou petits-enfants des uns ou des autres sans trop approfondir, chacun restait dans une aimable généralité consensuelle et de bon aloi.

Les ouvriers revinrent et stockèrent des seaux, des rouleaux de cuivre, des câbles électriques, des perforateurs, des perceuses, des pots de crépis ainsi que les autres matériaux et outils nécessaires aux travaux. Voyant que personne ne venait l'aider, n'en pouvant plus, excédé, le chauffeur moins attentif que les autres jours accéléra, accrocha et tordit en reculant une série de petits tuyaux qui descendaient le long du mur intérieur du garage. Il jeta un regard furtif et continua indifférent. Après avoir débarqué tous les outils, les ouvriers qui étaient montés dans les étages pour transporter et entreposer des cartons de carreaux, les sacs de mortier, de colle et de ragréage, le rejoignirent pour partir.

Quand ils revinrent le lendemain en début d'après-midi, ils actionnèrent la serrure électrique de la porte d'entrée donnant sur la rue et, tout à coup, une violente explosion parcourut tout l'immeuble. L'ouvrier face à la porte fut projeté à terre et blessé par des projections de fer, de bois et de gravats. Son compagnon à côté, blessé par la déflagration, reçut des éclats de verre et de pierres et se retrouva assis par terre. Un autre fut heurté par le chambranle déchiré de la porte.

L'explosion et le souffle avaient été si violents que le garage fut éventré, une partie de la dalle du balcon du troisième tomba sur celui du second laissant apparaître des ferrailles et des éclats de béton. Le balcon du second, sous le choc, s'inclina légèrement vers l'extérieur, la façade était défigurée et laissait entrevoir des ouvertures béantes, des fers tordus, de nombreuses balafres dans l'ouvrage, des morceaux de ciment, de plâtre et de crépis crevés et manquants qui tombaient dans les étages. Les fenêtres déchiquetées avaient volé en éclats, les montants n'avaient pas résisté et de nombreuses fissures lézardaient les murs. L'immeuble était méconnaissable, comme s'il avait subi un bombardement. Toutes les ouvertures avaient été éventrées et quelques balcons endommagés restaient accrochés par des tiges de fer. Certaines parties des plafonds des trois premiers étages s'étaient écroulées en laissant entrevoir de gros trous prolongés de longues fentes.

Le premier étage prit feu. Des panaches de fumée et des flammes jaillirent des ouvertures béantes du rez-de-chaussée et commencèrent à lécher les façades de l'immeuble, puis noircirent les murs en montant de plus en plus vers les étages supérieurs.

Attirés par l'explosion, les voisins et badauds accouraient en se bousculant pour voir l'immeuble. Les pompiers, alertés, arrivèrent en urgence pour combattre le feu et durent se frayer un passage à travers l'attroupement formé dans la rue. Ils déployèrent la grande échelle et eurent des difficultés à la stabiliser contre le mur au plus près du premier balcon qui n'était pas stable et ne pouvait servir de lieu de passage car le poids de l'échelle le faisait bouger. Les pompiers tentaient de pénétrer au-dessus du foyer pour combattre les flammes et l'inonder. Après quelques tâtonnements, ils mirent en marche la lance à incendie qui cracha l'eau à pleine puissance. Ils prirent le temps de se placer à chaque fois au-dessus des foyers, d'éteindre tous les départs de feu. Une heure plus tard, l'incendie était maîtrisé. L'eau ruisselait des ouvertures.

Les fumées dissipées, ils s'avancèrent dans les étages et scrutèrent les décombres à la recherche d'éventuelles personnes qui pouvaient se trouver prisonnières. Ils fouillèrent patiemment toutes les pièces, placards et recoins les plus divers. Par bonheur, à ce moment de la journée, l'immeuble était peu fréquenté. Ils trouvèrent cependant au deuxième une jeune dame allongée, assommée sous les morceaux de gravats détachés du plafond, respirant encore faiblement et inconsciente, la tête et le corps ensanglantés. Elle se trouvait dans sa cuisine près de la colonne centrale des différentes conduites complètement pulvérisées. Avec d'infinies précautions, ils la dégagèrent des morceaux de briques et de plâtre, et l'installèrent délicatement dans une civière, puis la sanglèrent pour la transporter immédiatement à l'hôpital.

Le lit du petit garçon fut écrasé par une partie du plafond supérieur et du balcon, et celui-ci se trouva coincé entre le sol en béton et le tas de gravats. Au-dessus de lui s'amoncelaient des morceaux de ciment, de briques, de plâtre et de laine de verre près de l'extrémité extérieure du balcon. L'eau des pompiers agglutina la poussière et créa autour de lui une boue compacte. Du sang coulait de son cuir chevelu et de son front. Oppressé, il ne pouvait pas trop bouger ; de plus, la fumée qui se propageait dans le peu d'air qui lui restait l'étouffait. Sa respiration gênée, il se mit à suffoquer et pleurer. Ses poumons le brûlaient, l'air lui manquait. Le bâtiment bougeait sous les allées et venues des pompiers. Il entendait des voix, des cris, des appels, des ordres, des chocs contre les murs, des craquements, des bourdonnements de différents moteurs poussés au maximum. Un tumulte de sons et de voix l'entourait et l'assourdissait. Tout un monde qu'il ne connaissait pas grouillait, résonnait dans sa tête. Son corps était comprimé, il essayait de se courber, de se cambrer, de remuer, de gagner quelques centimètres. Son bras droit était tendu juste à côté d'un câble électrique déchiré qui jetait des étincelles quand le courant d'air le faisait osciller et toucher les ferrailles trempées du balcon. Une douleur irradiait dans son dos. Vaincu, il tomba en syncope.

Plus tard, bien plus tard, la faim et la douleur le réveillèrent et il se mit à pleurer. Les crépitements intermittents du câble électrique attirèrent l'attention du garçonnet. Ses petits doigts se pliaient et se dépliaient, attirés peut-être par cette source d'étoiles jaillissantes en gerbes colorées. Le bourdonnement entêtant crépitait entre deux ferrailles mouillées au-dessus de lui. Son regard ne pouvait se détacher de ces étincelles qui grésillaient tout près. Il était fasciné par les éclairs, il essaya de tendre le bras vers le câble. Il leva la tête mais les éclairs lui faisaient mal aux yeux. À quelques centimètres, ses doigts se tendaient et s'agitaient pour les saisir.

Les grilles du balcon s'étaient tordues et certaines, courbées au-dessus de lui, soutenaient les bois de son lit fracturé. Tout à coup, la dalle du balcon bougea, oscilla, glissa et se cala sur les tiges de fer enchevêtrées. À quelques centimètres de sa tête s'ouvrait maintenant par une fente le vide profond de deux étages. En pleurant, le petit garçon essayait de se retourner mais son épaule le clouait sur le lit. Il essayait de remuer, de s'extirper, de gagner par quelques mouvements un peu plus de liberté dans ses gestes. En tournant sa tête de l'autre côté, il voyait de temps en temps la rue au gré du déplacement d'un morceau de laine de verre battant au vent. Encore une fois, il se démena pour s'extraire des gravats, mais ne put qu'accentuer la douleur de son dos et approcher sa tête du vide et d'une gouttière crevée qui lui inondait le visage d'eau boueuse. Il avait faim, son autre bras était coincé sous le béton : vaincu par la fatigue et tous ses efforts, il tomba dans un sommeil profond.

Le vent s'arrêta mais le ciel commençait à se couvrir de nuages menaçants. En cas d'orages, de fortes pluies ou de grêle, l'immeuble allait-il résister ? Le petit garçon était en danger. Sous les assauts du temps, la dalle en équilibre ripa vers l'extérieur et libéra un peu le petit. Il était seul dans des conditions périlleuses ; caché, personne ne pouvait le voir.

En bas les badauds, curieux, s'étaient regroupés et chacun y allait de son commentaire.

— Que s'est-il passé ?

— Une explosion de gaz.

— Un court-circuit.

— Y a-t-il des victimes ?

— Combien ont-ils trouvé de personnes ?

— C'est tout un immeuble !

— Ils ne peuvent pas entretenir leurs immeubles ? Ces vieux immeubles sont des dangers publics.

— Il y a trois ambulances.

Les gens se poussaient du coude pour accéder aux premières places et s'abreuver de nouvelles.

— Place, place ! Je suis secouriste, dit un jeune homme brun qui arriva, puis s'immobilisa devant ce qui avait dû être l'entrée.

— Eh bien, que faites-vous là, plantés ?

— Les infirmiers des pompiers sont déjà là !

— Place, place, laissez-passer ! dit un infirmier.

Un grand homme s'approcha et dit : « Tiens, un BDQR », en tirant sa femme par la manche. Un autre se retourna en le toisant et demanda la signification de ces quatre lettres.

— Les gendarmes disent « une bande d'idiots qui regardent », et encore je suis poli ! Et il partit en riant.

— Oui, mais il s'en va, dit un autre.

— Et vous, que faites-vous planté là ? Si vous êtes secouriste, il fallait monter dans les étages, qu'avez-vous fait ?

— Y a-t-il des morts ?

— Ne gênez pas ! Place ! Laissez la place aux pompiers et gendarmes, ordonna un urgentiste.

La journée se déroula rythmée par l'intervention des pompiers, la sécurisation des lieux et les prérapports d'enquête. La police empêcha les résidents alertés et inquiets de pénétrer dans les lieux pour essayer de récupérer quelques affaires, certains en pleurs, d'autres en proie à des crises de nerfs ou pétrifiés, abasourdis, se demandant ce qui avait bien pu provoquer cet accident. Certains escaliers étaient écroulés ou éventrés, le hall d'entrée avait disparu. De la rue, les badauds pouvaient voir la façade, les pièces des appartements déchirées, détruites ; plus rien ne tenait aux murs, les meubles étaient renversés, les affaires, les papiers jonchaient le sol ou s'envolaient dans la rue.

Les soldats du feu quittèrent les lieux en coupant l'eau et l'électricité. Le bruit de moteur forcé s'arrêta. Le chef d'escadron, au téléphone, signalait l'état de l'immeuble et demandait que les accès par les trottoirs soient clôturés pour éviter les introductions dangereuses et néfastes.

Des chutes de gravats des balcons ou façades pouvaient blesser des passants. En aucun cas le responsable des pompiers ne pouvait laisser les lieux ouverts à tous et sans périmètre de sécurité. Il devait aviser une commission à la mairie et à la préfecture pour protéger les passants qui circulaient en contrebas et pallier toutes éventualités. Avant de partir, l'entreprise reçut l'ordre de tendre une clôture provisoire souple pour que les piétons contournent la zone dangereuse. Il demanda au chef d'équipe de prévoir pour les prochains jours la venue des experts et l'accompagnement des habitants désirant rechercher leurs effets personnels, les meubles non détruits.

Dans les parties praticables, il fallait les guider dans tout ce dédale pour qu'ils ne se blessent pas et protéger leur circulation ; dans le cas contraire, filmer les appartements pour qu'ils puissent choisir ce qu'ils pouvaient garder et emporter. La sécurité était prioritaire. La commission se réunit dès le lendemain se basant sur des preuves photographiques et convoqua les assurances. L'entreprise fut contrainte d'envisager une palissade plus solide.

La pluie réveilla et inonda le petit garçon par une gouttière cassée qui crachait son eau juste à côté de lui : en se tournant légèrement il put ouvrir la bouche et boire mais Dieu que cette eau avait mauvais goût ! La poussière et le plâtre se collaient tout autour de lui. Il commença à donner des coups de pied et à tendre ses mains pour s'agripper, repousser, trouver des points d'appui. Il voulait quitter cette position inconfortable, d'autant plus que tout son corps lui faisait mal. Il voulait s'enfuir, s'extirper de là et retrouver sa maman. Mais que se passait-il ? Qu'est-ce qu'il faisait là ? Pourquoi sa maman ne venait-elle pas le chercher ? Il s'agita jusqu'à ce que ses forces l'abandonnent. Il se mit à trembler de froid et de faim, puis il sombra dans une lourde léthargie.

Le chef d'entreprise dûment alerté et dépêché sur les

lieux commanda des blocs de béton pour dresser une palissade de sécurité plus conséquente pour éloigner tous les curieux et passants au cas où des débris de murs viendraient à tomber plus bas sur les trottoirs. Cela prit du temps et il fallait se dépêcher avant que la nuit tombe. Le chef de chantier ayant noté les recommandations du chef d'escadron des pompiers établissait avec ses équipes la liste des matériaux nécessaires à apporter sur les lieux. À son tour il donna ses instructions et suivit les préconisations d'urgence et établit son plan d'action.

Il tenait les autorités au courant de l'avancement des travaux. À la vue de ces derniers, les cellules responsables de la préfecture et de la mairie se mirent d'accord pour fermer la rue à la circulation dans les prochains jours. Les ouvriers devraient modifier les abords de l'immeuble, la circulation sur les trottoirs...

Le petit garçon se trouvait bloqué, entouré par des lattes de bois cassées de son ancien lit et des tiges de fer recourbées par le choc. D'une faille écartée, il pouvait regarder et voir la rue qui se trouvait sous lui. Il se pencha un peu plus mais ne vit que des silhouettes inconnues. Quelque chose lui déchirait le dos. Il essaya d'agripper un morceau de bois blanc de son lit pour bouger et se lever : il se cogna la tête. Hébété, il resta la joue contre la gouttière pendant un moment. Il avait faim et froid, il se mit à pleurer et à appeler sa mère, mais en vain. Ni sa mère ni personne ne le sortait de ce mauvais rêve, ne venait le chercher : qu'est-ce qui lui arrivait ?

Il continua à crier, à se débattre, pleurer, bouger dans tous les sens. Pourquoi sa mère ne venait-elle pas le chercher ?

— Maman, ma petite maman, où es-tu ? Maman chérie,

que fais-tu ? Où es-tu ? Mais viens donc, suppliait-il.

Une dame âgée, handicapée, habitant l'immeuble de l'autre côté de la rue, assise près de sa fenêtre entrouverte, crut percevoir des pleurs et des cris d'enfants, lointains ; elle se dit qu'elle devrait en parler à son fils quand il viendrait lui rendre visite le jour suivant. C'était la seule visite que recevait la vieille dame, son seul rayon de soleil qui venait la voir régulièrement.

À force de gigoter, le petit garçon ressentit une violente douleur dans son épaule. La rue, telle qu'il la connaissait, avait changé, il ne reconnaissait pas ces barricades, ni ces gens qui les contournaient, ni ces amas de détritus : que s'était-il passé ? Où était-il ? Il ne comprenait plus rien, il ferma les yeux, pris de panique. Il appelait sa maman et ne comprenait pas pourquoi elle ne venait pas. Elle ne pouvait pas l'abandonner.

Il imaginait sa mère souriante venir le chercher en l'entourant de ses bras rassurants et généreux, elle l'embrassait, le serrait contre sa poitrine ; il sentait battre son cœur et entendait son souffle chaud. Il était bien, il revivait. Il souriait de bonheur, elle était là, contre lui, il était dans ses bras. Là, il était en sécurité et rassuré : plus rien de mal ne pouvait lui arriver. Il sentait le réconfort, la douceur de vivre, il était transporté dans un autre monde… Il resta à rêver ainsi un très long moment.

Du bruit ? Qu'est-ce que ce tintamarre ? Il fut sorti de sa torpeur bienfaitrice. Quelque part plus bas des ouvriers effectuaient des tests de solidité sur les murs des différents étages. L'immeuble vibrait. Les grondements d'un groupe électrogène, les coups d'un marteau-piqueur, les appels et les cris des gens qui travaillaient et s'invectivaient très bruyamment l'empêchaient de retrouver sa maman. Pourquoi étaient-ils là entre elle et lui ? Pourquoi autant d'activité et de haine autour de lui ? Tout se liguait pour lui interdire de la retrouver. Toute la poussière de plâtre et de fibre de verre montait vers lui. Gêné dans sa respiration, il se mit à tousser, sa gorge le brûlait ; bientôt il ne put plus rien articuler. Au-dessous de lui, à travers un trou, une fissure, il voyait des formes s'agiter, passer et repasser en tous sens. Il essaya de bouger, ses yeux le brûlaient, ils s'obstruèrent de grosses larmes. Il poussa des pieds et des mains tout ce qui était devant lui : il gagna quelques centimètres de liberté. Le bâtiment entier tremblait toujours et il l'entendait craquer, grincer. En bas, des ouvriers s'activaient et clouaient des planches ; ils tapaient très fort, d'autres tronçonnaient du fer ou du béton.

Désespéré, l'enfant appelait sa maman.
— Maman ! Viens me chercher Maman ! Maman, viens vite ! Protège-moi, sors-moi de là, je t'aime. Viens me chercher, je t'aime. Maman, j'ai mal. Maman, j'ai faim... Maman, viens... Mais viens !

Il entendit un choc contre le mur. Il ressentait de la joie et de la peur. Épuisé, il sentait ses forces l'abandonner quand tout à coup, juste à côté de lui, il entendit des voix. Ça y est, elle vient... elle est là, pensa-t-il. Le bonheur l'envahit, il se crispa, il essaya de tendre ses bras pour qu'elle les saisisse mais ses yeux fatigués se fermèrent. Maman ! voulut-il crier, mais aucun son ne sortit de sa gorge. Il tomba dans un demi-sommeil. Les voix se rapprochèrent puis s'éloignèrent. Les bruits du groupe électrogène et du marteau-piqueur repartirent de plus belle et couvrirent à nouveau les ordres et

19

contre-ordres que se lançaient les équipes à tous les étages. Des gens au-dessus parlaient confusément, d'autres cassaient des morceaux de murs, d'autres raclaient les sols pour nettoyer et pousser vers les extérieurs les gravats pour les faire tomber plus bas en faisant un bruit infernal.

À nouveau un monde inconnu et hostile l'enveloppait, tous les travaux créaient leur cortège de vacarme, de poussière, de peur. À chaque fois, l'inquiétude détournait ses pensées de sa maman. Il vécut tout l'après-midi au rythme des machines qui montaient en régime en hurlant selon la résistance des matériaux et qui faisait réagir et crisper tout son corps. Quand est-ce que cela allait s'arrêter ?

Des câbles heurtaient la paroi, des chocs incessants se répercutaient en écho à tous les étages, des gens criaient, sa tête résonnait et lui faisait mal. Il pensa une nouvelle fois à sa mère. Son diaphragme se soulevait péniblement, il l'appelait de tout son être.

— Maman ! Viens me chercher, ne me laisse pas là, viens je t'aime, maman.

Il se blottit contre le béton, le froid le fit frissonner.

— Maman, viens me chercher, protège-moi, viens ! Où es-tu ? Petite maman, où es-tu ? Pourquoi tu ne viens pas ?

Délire ou réalité, son esprit vogua vers sa douce maman. Il s'agrippait à elle. Il la tirait à lui de toutes les forces de son âme. Son corps n'était en ce moment qu'un appel au secours. Un seul appel :

— Maman, viens, j'ai besoin de toi !

Il l'appelait de tout son cœur, de toute son âme, de tout son être :

— Petite maman, où es-tu ?

Il s'abandonna dans ses pensées et se vit regarder des images dans les bras de sa mère. Il frottait sa joue contre elle, elle souriait et tournait les pages en lui expliquant chaque image.

— Tu vois, nous sommes à la ferme.

Il se blottissait contre sa peau, il était bien et il se laissait conduire par les mots doux et calmes de sa mère.

— Tu vois, c'est un mouton, il s'habille de laine ; regarde, elle est toute blanche et douce ; avec, les artisans fabriquent des manteaux très chauds pour les enfants. Ça, c'est le chien Patou qui garde le troupeau, il est grand et puissant pour éloigner le loup. Le loup est gris ou noir, il est méchant, il dévore les petits agneaux. Là, tu vois, tu as le petit berger qui s'appuie sur son bâton pour se reposer. Ici, c'est le petit garçon de la ferme, il est blond comme toi, mais ce qu'il fait est dangereux, il a grimpé très haut dans le sapin, il peut tomber. Du reste, tu vois, sa maman l'appelle et lui demande de redescendre en faisant attention : « Tu ne feras pas comme lui, toi, n'est-ce pas ? »

Parfois sa maman ponctuait le récit en se penchant sur lui pour l'embrasser, ce qui avait pour conséquence de le serrer encore plus fort contre elle. Il sentait son parfum. Il était au comble du bonheur. Sa maman l'appelait : « Mattéo, Mattéo ! »

— Maman, petite maman, où es-tu ?

Après la visite de la ferme, il fallait se coucher et dormir dans son petit lit, non sans les nombreux câlins de la fée Maman. Douce maman, tendre maman. Tous ses souvenirs l'envahissaient, il s'étira machinalement de bonheur. Il essayait par des questions de prolonger ces moments. Sa maman en riait et s'amusait à reprendre quelques pages sur les animaux ou personnages importants du livre.

Dans ce bonheur, il revécut sa première sortie à la plage quand sa maman l'allongea sur le sable chaud. La douceur du vent tiède caressait ses joues pendant que le bruit régulier du ressac le berçait. Les cris des mouettes qui planaient dans le ciel et ceux des enfants qui couraient joyeux sur la plage, captivaient et emportaient au loin son attention. Il ferma les yeux et se laissa entraîner par la douceur du bonheur.

— Mais maman, où es-tu ? Qu'est-ce que tu fais, maman ?

Il se voyait courir vers sa mère et se jeter sur elle :

— Va doucement, tu me fais mal, lui avait-elle dit un jour.

Puis elle le soulevait dans un éclat de rire pour l'embrasser. Il se blottissait dans ses bras en fermant les yeux comme un petit chat. Cette petite maman était un réconfort et un énorme bonheur. Que ferait-il sans elle ? C'était son petit cœur, pour elle aussi. Ils formaient un couple irremplaçable. Il ne comprenait pas pourquoi elle s'était éloignée de lui tout d'un coup sans rien dire. Il l'appelait et s'énervait en bougeant pour la faire revenir. Il entendait les bruits et les cris du chantier. Rien d'autre. Un camion apporta des bennes vides, celles-ci raclaient sur le trottoir plus bas, le sol grondait, l'immeuble vibrait. Le jour déclinait lentement.

Une nouvelle fois il sentit le froid et l'ombre l'envahir. Il pleurait, il était seul, sa maman l'avait abandonné, il se disait :

— Pourquoi maman, pourquoi ? Pourtant, j'ai toujours écouté, enfin… presque toujours.

Il avait sommeil et secouait la tête. Il était exténué. Il sentit son cœur battre, puis s'emballer, il avait mal au front et au dos. Il partit dans un sommeil d'abord agité puis profond. Ses douleurs le réveillèrent plusieurs fois dans la nuit. Les miaulements d'un chat, les aboiements d'un chien, des groupes de passants bruyants le tirèrent de sa torpeur, mais sa fatigue égalait la profondeur de son sommeil.

24

DEUXIÈME JOUR

Seul dans le tumulte

Comme d'habitude, le fils de la vieille dame habitant l'immeuble en face vint voir sa mère qui se déplaçait depuis quelques années avec difficulté. À chaque fois qu'il faisait beau, il l'installait dans son fauteuil et lui demandait si elle voulait qu'il ouvre la porte-fenêtre :

— Tu vas pouvoir profiter de la journée, il va faire beau.

— Il me semble avoir entendu des pleurs et des cris venant de l'immeuble d'en face.

— Tu as entendu quelque chose, avec tout le bruit du chantier et des ouvriers ?

— Non, après leur départ, j'ai cru entendre des pleurs et des cris d'enfant, mais c'était sourd, intermittent et confus. Oui, ça a duré deux minutes, peut-être un peu plus. Tu sais je n'ai pas regardé l'horloge de la salle à manger, mais il me semble que ces cris venaient bien de l'immeuble.

— Peut-être cela venait d'ailleurs, es-tu sûre de la provenance des bruits ?

— Tu sais les pompiers sont venus, les ouvriers ont travaillé toute la journée, ils n'ont rien trouvé à part la dame du premier jour, ils ont regardé partout et commencé même à déblayer.

— Il faudrait que tu te souviennes de la direction exacte des bruits.

— Non, pas des bruits, ce sont des cris, des appels et des pleurs.

— Es-tu certaine ?

La dame fit la moue.

— Vers quelle direction est-ce ? Finalement, tu as un doute, il te semble que ça venait peut-être d'ailleurs, tu n'es sûre de rien. Écoute, je pars au travail, j'essaierai de rentrer plus tôt ce soir, je regarderai. Mais tu sais, il y a des ouvriers dans l'immeuble. Essaie de passer une bonne journée, lui dit-il.

Puis il quitta sa mère, non sans lui avoir demandé ce qu'elle voulait comme commissions pour les deux ou trois jours suivants.

Dès les premiers pas sur le trottoir, il croisa des groupes de gamins qui chahutaient sur le chemin de l'école et qui jetaient des cailloux ou tapaient à l'aide de bâtons contre les bennes du chantier. Des passants criaient après eux : « Regardez-moi ça, ils ne pensent qu'à s'amuser ! Vous ne pouvez pas faire attention ? Vous heurtez et gênez la marche des gens », dit un homme âgé en mettant ses mains devant lui pour se protéger.

En tournant au coin de la rue, il retrouva l'animation de la circulation du quartier. Le feu rouge, par vagues successives, rythmait un véritable tintamarre d'accélérations, de coups de frein et de klaxons des scooters pétaradants, des voitures circulant qui remontaient la rue. Des automobilistes s'interpellaient, des cris fusaient : « Allez vous garer plus loin, ne gênez pas ici, vous voyez bien que vous gênez la circulation ! »

Quand, un peu plus haut, un camion de livraison s'arrêta, le temps du déchargement fut accompagné par des concerts de klaxons et d'injures. Ce n'était pas le moment. C'est tous les matins pareil, pensaient certains ouvriers qui commençaient à se rassembler autour d'un café pendant que d'autres, pressés d'échanger, s'emportèrent sur les conflits et le match de la veille.

— Je te dis que cette année ton club préféré ne fera rien, ils ont vendu quatre joueurs.

— Ce sont les plus riches qui peuvent se payer les meilleurs, les autres, à part un miracle, récoltent les miettes.

— L'heure tourne, il va y avoir de la réprimande dans l'air si l'ingénieur passe, on se dépêche ! dit le chef d'équipe.

— On retourne dans l'immeuble pour nettoyer ?

— Combien y avait-il de blessés ?

— Il paraît qu'ils ont trouvé une dame sous les décombres et qu'elle est aux urgences.

Le travail du jour consistait à préparer la visite des experts pour que ceux-ci puissent déterminer les causes de l'explosion, envisager la démolition de ce qu'il restait, établir leurs rapports et préparer si possible dans un second temps la venue des résidents pour que ces derniers puissent récupérer certaines de leurs affaires. À défaut, ils réaliseraient un film de chaque appartement pour que chacun puisse constater l'état des meubles et juger s'il voulait récupérer ou non des effets personnels.

Le chef de chantier les mit en garde : « Attention, vous avez affaire aux services de la mairie, du cadastre, de la préfecture, des experts du génie civil, de l'urbanisme, des assurances. Il est impératif de créer des escaliers de substitution en bois, avec des rambardes aux passages dangereux, quand les anciens sont détruits, pour que ces messieurs puissent accéder en tous lieux. Vous devez tester et renforcer, doubler ou tripler les appuis, le long des balcons éventrés, des portes et fenêtres, des escaliers partout où il y a des risques de chutes. Ils doivent pouvoir accéder à tout pour l'enquête et je ne veux pas avoir de remontrances des officiels, ce n'est pas le moment ; tout doit être net, visible. »

Les ouvriers décidèrent de casser certaines cloisons à demi éventrées et encore fragiles, de remplir d'énormes sacs de gros morceaux menaçants qu'ils avaient fait tomber, et de pousser avec de longs balais les débris contre les balcons pour les faire tomber lors de la démolition. Ils allumèrent un groupe électrogène pour brancher des projecteurs dans les caves, employèrent des souffleurs thermiques pour nettoyer les étages. Les sols, les murs, les cages d'escalier, furent à nouveau nettoyés pour éviter l'accumulation des dépôts de poussière qu'entraînaient les passages des ouvriers peu précautionneux. Pour les experts un détail pouvait avoir une grande conséquence.

L'immeuble résonnait de bruits de racloir et de coups de marteaux… Une vraie ruche bourdonnante s'animait en tous sens. Des câbles et échelles claquaient sur les murs, les gens s'interpellaient. Un monte-charge fut apporté pour monter et charger les tuiles cassées du toit et redescendre de gros sacs de gravats des récentes démolitions. Des ouvriers proches criaient, montaient et descendaient assis sur les sacs de débris entassés sur le monte-charge puis, ils démontèrent les échafaudages les ayant aidés à consolider les premières cloisons et emportèrent des sacs de matériaux.

Toutes les fissures, lézardes devaient être immédiatement repérées et jaugées. Les ouvriers lavèrent les sols à grande eau pour plus de netteté et pour que les experts puissent juger et prendre des mesures. Ils récupèrent les outils qu'ils avaient entassés au bas du chantier lors de la construction des palissades et de l'établissement des portes du rez-de-chaussée.

Ces trombes d'eau réveillèrent le petit enfant en dégoulinant de toutes parts et remplirent la gouttière près de lui. Avec mille difficultés il put s'y désaltérer et boire cette mauvaise eau boueuse malgré son état. Il fut pris de violents tremblements. L'enfant alternait les phases de veille et de sommeil. Il rêva au chocolat que lui donnait sa mère. Il avait pris l'habitude de mettre les carrés dans sa poche ; par malheur ceux-ci fondaient et sa maman le réprimandait.

Si, au moins, il avait pu en garder un morceau ! Comment aurait-il fait ? Il ne pouvait pas se retourner ni aller prendre quelque chose dans ses poches. Pendant que ses pensées l'emportaient, à demi inconscient, un panneau de fibre de verre fut arraché par un ouvrier perché sur une échelle à quelques centimètres de lui.

Les artisans remontèrent des portes de chantier et des fenêtres en planches au premier étage pour obstruer les ouvertures béantes afin d'éviter que des personnes ne s'introduisent dans l'immeuble. Les scies, les coups de marteaux rythmaient le dressage. Tous ces bruits résonnaient et faisaient tourner la tête du petit garçon. Il ne réagissait pas beaucoup, il se sentait fragile dans son inconfort.

Dehors, les écoliers turbulents rentraient chez eux en jouant et criant dans la rue : ils dépensaient l'influx nerveux qu'ils avaient accumulé en classe. Les concerts de klaxons et d'interjections reprirent et ponctuaient la circulation du soir. Les personnes n'étaient pas patientes, l'un voulait passer, l'autre traverser, les enfants jouaient sur la route… Les voitures se suivaient pare-chocs contre pare-chocs, personne ne voulait ralentir ou laisser une place au croisement de la rue du chantier et de la rue perpendiculaire. Quand le feu tricolore du bout de la rue passait au rouge, il déclenchait un concert de klaxons, c'était le vacarme : chacun voulait faire avancer l'autre au plus vite. Les motos, scooters passaient sur les trottoirs, insultés par les passants pressés de rentrer chez eux. Cette rue du centre-ville était une vraie ruche. Au carrefour, une voiture força le passage en refusant la priorité et fut heurtée par celle qui arrivait à sa gauche. Le croisement fut bloqué le temps que les chauffeurs finissent de s'insulter, de s'apostropher, de déplacer les véhicules sur les trottoirs pour établir le constat.

Témoin, le restaurateur disait aux passants :

— Ce n'est pas nouveau, ce n'est pas la première fois que ça arrive à ce carrefour, pourtant il y a des panneaux et des bandes peintes sur le sol.

L'accrochage du croisement eut l'avantage de vider la file de voitures en amont entre ce dernier et le feu rouge. Mais le comble se produisit quand un camion s'engouffra dans la rue et croisa les bennes et leurs protections qui empiétaient sur une grande partie de la chaussée. Le camion essaya d'avancer en montant sur le trottoir d'en face contre le mur puis s'arrêta. Le chauffeur en difficulté ne voulait pas prendre trop de risques. Il faut dire que le trottoir face aux bennes n'était pas large et ne laissait passer qu'un piéton. Ce fut un tollé de klaxons. Son mur raclé, le propriétaire de l'appartement sortit en jurant et voulut en découdre avec cet incapable de conducteur : qu'est-ce qu'il faisait là ?

Les poids lourds étaient interdits en ville. Il n'avait que faire du déménagement d'une personne d'une rue voisine. Le propriétaire lui rétorqua qu'en fonction de son gabarit, il lui était impossible d'y accéder. Le chauffeur lui expliqua qu'il s'était fié bêtement à son GPS.

Les deux hommes continuaient à s'apostropher : l'un voulait absolument un constat, un papier signé, un engagement du chauffeur ou de son patron pour que l'assurance répare les traces noires laissées sur le mur ;

l'autre répondait qu'il s'en moquait, qu'il n'y avait aucun contrat pour ces faits.

— Vous êtes responsable, vous êtes monté sur le trottoir.

— C'est à cause des bennes.

Comme ni l'un ni l'autre ne voulait céder, ils en vinrent aux mains. Heureusement, les policiers du commissariat proche arrivèrent pour les séparer.

La police ferma la rue au premier croisement et fit reculer le camion en le guidant centimètre par centimètre. Mais il fallait sortir par une autre rue malheureusement tout aussi petite que la première. À l'intersection, un bar et une brasserie se faisaient face mais en quinconce ; il fut impossible au véhicule de reculer, puis de s'engager dans l'autre artère, sans que les tables ne soient déménagées alors que des clients commençaient à s'y installer. Pas à pas, avec maintes précautions et reprises le chauffeur put en partie manœuvrer.

Les deux propriétaires qui se connaissaient depuis longtemps sortirent de leur boutique et commencèrent à se moquer du chauffeur du camion en lui demandant où il avait eu son permis et s'il n'avait pas autre chose à faire que d'ennuyer les gens un soir à dix-huit heures.

Dans les bars du quartier, les joueurs intéressés par les courses de chevaux de l'après-midi arrivaient tôt pour lire les journaux spécialisés, parier, jouer et suivre les courses jusqu'en fin d'après-midi, puis d'autres leur succédaient pour faire les bilans des paris communs et préparer les mises en jeu sur les matchs. Les tournées de boissons ne s'interrompaient pas. Les quolibets sur l'incident allaient bon train et les propriétaires s'emportèrent et prirent à partie les policiers qui rétorquèrent que les problèmes de traces sur les façades et de chiffre d'affaires perdu ne les concernaient pas. Enfin, quand le camion put s'éloigner, les conversations et les éclats de voix s'amplifièrent.

— Pourquoi l'ont-ils laissé repartir ?

— Il fallait lui dégonfler les pneus.

— Qu'est-ce qu'il faisait en ville celui-là ?

— Il fallait lui coller un PV et le faire dégager.

— Ce sont des dangers publics sur les routes.

— Ne parlons pas des autoroutes !

— Ils ne se rendent pas compte du danger et jouent de leurs volumes.

— Ils s'imposent et nous coupent la route.

— Ce sont des menaces permanentes.

Les tables furent réinstallées dans le brouhaha ambiant. Le bar et le restaurant purent reprendre leurs préparatifs et cuisiner chacun leurs spécialités : tapas, boissons, ou menus divers. Les embouteillages reprirent et les habitants du quartier jasaient, se nourrissaient des potins, chacun donnait son avis.

— Il n'avait rien à faire ici…

— J'espère qu'ils ont contacté son patron…

— Ils vont lui mettre un PV carabiné…

— Comment faire si son entreprise avait quelqu'un à déménager dans le quartier ?

Les habitués commençaient à se réunir autour des tables, prenaient des chaises pour regarder le match de foot du soir et commander leurs boissons favorites. L'heure s'avançait dans la douceur du soir, les groupes se formaient et les pronostics allaient bon train. L'alcool, les bières firent monter le ton et bientôt la rue ne fut que l'écho d'expressions et de cris des phases du match. Chaque action des joueurs, passe, approche, tentative, contre était saluée de clameurs d'enthousiasme, de cris de joie pour les uns, de dépits pour les autres ponctués de grands gestes. Les uns soutenaient des joueurs déterminés, compétents et techniciens ; les autres critiquaient une bande de mous, empêtrés dans leurs crampons, incapables de faire une bonne passe ; eux feraient mieux que ces énergumènes à peine sortis d'un centre d'apprentissage...

Et puis les classiques :

— Ils ont choisi l'arbitre le plus nul pour ce match !

— Il n'a pas sifflé la faute, il n'a pas accordé le penalty salvateur...

— Quelle nullité, il ferait mieux d'apprendre son règlement...

— Vendu ! Il n'a pas vu la faute, cette attaque par-derrière, ce tacle interdit et alors où était l'arbitre ? Tricherie !

— D'où sortait-il celui-là ?

Quant à l'entraîneur sélectionneur, mais pourquoi donc avait-il mis ce joueur qui avait très peu joué au lieu d'un tel qui faisait régulièrement des matchs de qualité ? Et puis les arrières qui reculent tout le temps sans tacler l'adversaire ou détourner le ballon, sans stopper l'attaquant les défiants : mais qu'est-ce qu'ils faisaient là ?

— Tu as vu cette passe mal assurée, on ne relance pas ainsi dans l'axe !

— C'est du grand n'importe quoi. Le dimanche, en amateur, je joue mieux que cela !

— Dehors, l'arbitre !

Son collègue lui dit :

— Attends un peu, tu mets dehors l'arbitre, l'entraîneur, le sélectionneur, les deux attaquants de pointes, les défenseurs latéraux, qu'est-ce qui te reste pour jouer ou constituer ton équipe ?

Son voisin le regarda, incrédule, puis grommela quelque chose entre ses dents. La seconde mi-temps n'arrangea pas les avis des convives toujours aussi chauvins et impulsifs. Les clients consommaient de l'alcool, des bières sans modération et les sentiments et commentaires s'accentuaient avec la soirée qui s'allongeait. Le match fut qualifié de nul comme le résultat. Les discussions s'éternisèrent bien au-delà du coup de sifflet final. Les consommateurs éméchés pour certains, saouls pour d'autres, s'extrayaient de leur chaise avec difficulté en parlant très fort et marchaient d'un pas mal assuré. Peu à peu, le vacarme laissa la place aux bruits des rares voitures qui continuaient à parcourir cette rue du centre-ville. Puis le silence de la nuit s'installa.

TROISIÈME JOUR

Que font les humains ?

L'animation débuta vers six heures quand les employés municipaux, suivant la voiture-balai, lavèrent les trottoirs et la rue… Certains habitants quittaient leur domicile pour le travail ou des rendez-vous lointains. Le marchand de journaux et de tabac rentrait ses livraisons abandonnées sous son auvent. Peu à peu les volets s'entrouvraient ou s'ouvraient, laissant voir des ombres furtives et pressées. Les habitants se préparaient, la rue s'animait, chacun se dirigeait vers ses activités. Les premières voitures reprenaient possession du bitume. La journée s'annonçait maussade, le ciel sombre portait des nuages bas. Les portes s'ouvraient et les gens s'équipaient d'imperméables et de parapluies. Des silhouettes se hâtaient sur les trottoirs. Là, une maman tirait son fils endormi par la main et pressait le pas. Ici, l'étudiante sortait son vélo d'un couloir. Un peu plus loin une personne revenait en arrière avec précipitation ayant sûrement oublié quelque chose. De l'autre côté, une femme fouillait dans son sac, énervée, en cherchant ses clefs. À côté d'elle, un petit monsieur passa en la saluant. Un autre, accompagné d'un enfant qui mettait son anorak, s'arrêta pour lui parler. La rue ressemblait à un petit village où tout le monde se connaissait.

Le boulanger-pâtissier sortit un moment sur le pas de la porte pour se détendre et respirer l'air du matin en quittant un instant son fournil surchauffé. Sa porte ouverte laissa flotter une odeur enivrante de pain et de croissants chauds. En passant, des personnes souriaient, portées par leurs pensées. Plus tard la secrétaire du cabinet de dentiste entra les clefs dans la serrure, saluée par deux voisines qui lui firent un moment la conversation.

— Toujours à l'heure !

— Il faut bien préparer les ustensiles du cabinet et les fiches au spécialiste !

Le libraire ouvrit son magasin bien avant la rentrée des classes car il avait pris soin de monter dans un coin de sa papeterie un rayon de confiseries en vrac. Pas beaucoup de bonbons mais juste ce que les petits lui demandaient.

L'école ouvrit ses portes, le proviseur arpentait déjà sa cour ; elle devait être nette pour ne pas générer des accidents ou des coupures. Il fallait enlever les morceaux de verre que des buveurs de canettes avaient lancés par-dessus le portail... Il fit venir les dames de service pour remédier au « massacre ». Il pestait contre tous ces gens qui ne savaient pas se tenir : s'il était président, tout ce laisser-aller n'existerait pas.

— Regardez-moi ça, dit-il à une brave dame, ils ne peuvent pas garder leurs bières, leurs déchets ? Ils n'ont pas d'éducation, il faudrait un régime ou une discipline militaire.

Il salua avec courtoisie une enseignante qui franchit la porte du lycée. Un groupe d'étudiants turbulents se fit réprimander.

— De la tenue ! Attendez que je vous surprenne en train de faire les idiots en classe ! leur lança-t-il.

Les jeunes pressèrent le pas et s'éloignèrent rapidement vers leurs classes en souriant, goguenards.

Il ouvrit le portail pour permettre à un enseignant d'entrer en voiture. Le ciel commençait à s'éclaircir un peu ; il ne pleuvrait peut-être pas. Plus loin, les portes d'une clinique privée s'ouvrirent, les voitures s'engouffraient dans le parking souterrain. Faute de place, les voitures des parents qui menaient les enfants à l'école se garaient devant son accès, ce qui provoquait des gênes, des remontrances et des altercations. La clinique, dans le temps, avait porté plainte contre les gens qui s'arrêtaient n'importe où et surtout devant les portes électriques d'accès aux médecins et aux patients. Il faut dire que certains n'hésitaient pas à entrer dans le parking souterrain et à utiliser les places réservées aux professeurs et, en plus, ils protestaient et faisaient un scandale auprès du secrétariat d'entrée parce qu'ils ne pouvaient plus ressortir.

Le personnel de la ville débarqua sur une place de parking un compresseur pour placer des plots d'interdiction de stationner de chaque côté des entrées. Ce même système avait été implanté avec succès un peu plus bas devant un vieux cabinet notarial et avait eu comme résultat d'esquinter tous les pare-chocs des voitures et parfois les bas de carrosseries latérales quand elles se garaient en biais. Dans la rue de l'accident, les ouvriers arrivèrent et commencèrent la matinée par un solide casse-croûte et le café traditionnel quand ce n'était pas des verres de gros rouge. Comme dit l'un d'entre eux, « moi, je veux du gros rouge qui tache ».

Un autre trempait carrément son pain dans le verre de vin. Vers les neuf heures, ils commencèrent à monter dans les étages pour terminer les préparatifs et attendre les experts.

Ils allumèrent un feu avec les bois cassés et inusités. Un peu plus loin le restaurateur ouvrait et rentrait ses livraisons entreposées sur le trottoir. Le camion de surgelés s'arrêta au milieu de la rue pour débarquer quelques colis, apostrophé par les conducteurs des voitures qui s'agglutinaient derrière.

Le chauffeur était tellement habitué qu'il se retournait, le visage hilare, en leur montrant la porte du camion ouverte et en leur faisant de grands signes. Lui semblait s'amuser, pas les autres. À la provocation répondaient les klaxons comme si cela pouvait changer quelque chose. Quel monde bizarre !

Les ouvriers regardaient en se moquant des gens.

— Pousse-le ! Sors-le si tu peux…

— Quelle bande d'idiots, même pas attendre cinq minutes !

Trois voitures s'arrêtèrent devant l'immeuble et des groupes d'experts en costumes-cravates en descendirent. Ils scrutèrent l'immeuble.

— Eh bien ! C'est bien détruit, dit l'un d'eux.

— Quel souffle !

— On peut monter dans les étages ?

— C'est difficile, mais on y accède.

— Nous avons remplacé les marches par des planches.

— C'est solide au moins ?

— Aucun problème.

— Certains escaliers tenaient par des attaches instables, nous les avons consolidés, pour le reste nous avons fabriqué du costaud.

— Vous avez commencé à déblayer ?

— C'est bien, allons voir.

— Pas besoin d'analyses complexes pour voir que les fers des balcons sont trop petits et qu'ils ne sont pas réglementaires.

— Ce sont des constructions des années soixante, il fallait construire vite à l'époque.

— De plus, le sol de la ville est instable à cause de la Gironde. Il y a beaucoup d'eau dans le sous-sol.

— On va regarder les fondations et les murs porteurs mais déjà, il faut descendre les balcons et la façade qui ont pris un sacré coup.

— Il faut les abattre.

Ils firent le tour et inspectèrent les murs et les angles avec minutie.

— C'est surtout l'avant de l'immeuble et les ouvertures qui ont souffert.

— Elles ont volé en éclats, ce sont des menaces réelles et potentielles.

— La façade avant a explosé, il faut voir le reste.

— Il va falloir trouver le point d'origine de l'explosion.

— Peut-on rentrer dans les caves ?

— Peut-on conserver l'arrière, le côté cour ?

— Nous ne conservons rien…

Toute la journée, les experts parcoururent les moindres recoins de l'immeuble, montèrent, descendirent et échangèrent des avis… L'arrière ne s'était pas écroulé, mais était fissuré et avait également beaucoup travaillé et souffert.

— On peut conserver quelque chose ?

— Il n'en est pas question. Assurément non.

— Même les fondations et piliers centraux ont travaillé.

— C'est un petit collectif du centre-ville… Nous ne prendrons pas ce risque.

— On ne peut pas faire du neuf avec de l'ancien cassé. Il va falloir tout abattre. De toute façon, il est impossible de faire autrement compte tenu de la déflagration…

— En ville, faire tomber l'immeuble peut être dangereux.

— Il suffit de placer des charges adéquates au bas des piliers et de certains murs porteurs pour découper l'assise, fragiliser l'ensemble et le faire s'écrouler sous son poids.

— Mais alors, qu'est-ce qu'on fait du voisinage avec la poussière ?

— Il va falloir évacuer un jour.

— Par contre, les explosions risquent de secouer et de causer des destructions, les vitres notamment.

— Oui, tout dépend aussi de l'état des immeubles environnants ; je ne tiens pas à toucher les habitations aux alentours ni à cumuler les plaintes et dédommagements ; ça suffit comme cela.

— Je penche plutôt pour une démolition en façade avec godet, il va falloir barrer la rue.

— Avez-vous demandé l'autorisation d'interdire la circulation ?

— La démarche a été faite, nous attendons la décision dans les prochains jours.

— Les balcons tiennent par les ferrailles mais il ne faut pas attendre trop longtemps que la rouille attaque.

— De toute façon, dans tous les cas, il faut les descendre car ils constituent un danger. Vous demandez une pelle à bras rallongés et, ce soir ou demain, vous les abattez.

L'adjoint au chef de chantier s'éloigna pour se renseigner et savoir où en était sa requête. Les commissions de sécurité de la préfecture et de la mairie devaient se coordonner et donner leurs avis. Deux heures plus tard, il revint pour annoncer qu'ils fermeraient la circulation la nuit prochaine ou le lendemain matin à six heures.

— Il faut emporter les deux bennes pleines, en faire venir deux autres vides et établir une rotation en plus des camions. Ils peuvent prépositionner la pelle mécanique en fin d'après-midi dans le quartier d'à côté.

Pendant ce temps un des experts sortit de sa poche un

appareil photo numérique et commença à photographier les endroits stratégiques pour étayer son rapport. Il fut suivi en cela par ses collègues des assurances, du cadastre, de la mairie et du chantier. Chacun tenait à ses preuves pour justifier son rapport. La journée se déroula en palabres, les experts montaient et descendaient dans les étages, revenaient sur leurs pas, désignaient du doigt des lieux distincts, des fissures, des piliers, échangeaient des avis, des jugements, des angles de photos, des notes, se penchaient sur des plans, griffonnaient des croquis, échangeaient des papiers, des schémas des uns et des autres, etc. La difficulté consistait à concilier les différents points de vue.

Pendant ce temps, le petit gamin respirait doucement, lentement, d'un petit souffle de vie. Il était dans une sorte de torpeur mi-rêve, mi-inconscient, son métabolisme s'était ralenti. Il se voyait courir, regarder le soleil ; il voyait le visage souriant de sa mère, sentait ses baisers chauds sur sa joue, se réchauffait dans ses bras. Il ressentit les caresses de sa main, de sa peau douce sur son front, sa respiration et ses mots tendres le berçaient. Son corps était engourdi, il n'avait pas mal, ne ressentait plus rien de physique, il vivait et ressentait ses pensées, ses souvenirs ; il était ailleurs, dans un monde à part.

— Tu as été voir ce que je t'ai dit ? demanda la vieille dame d'à côté à son fils qui rentrait du travail.

— Non, je n'ai pas eu le temps, la circulation était perturbée à cause du chantier et je ne pouvais pas m'approcher suffisamment de ce dernier et puis l'immeuble est bouclé. J'irai demain mais on n'y voit rien, ils ont mis une porte de chantier, on ne peut pas rentrer, quant à voir quelque chose de l'extérieur... Je te dis, moi, que tu te fais des idées, il y a des ouvriers toute la journée, je ne vois pas comment il pourrait y avoir encore quelqu'un ici.

— Je me suis souvenue que la dame du second avait un petit garçon, elle allait au square avec lui.

— Peut-être est-il chez des parents, des amis ou à l'hôpital ?

La vieille dame ne semblait pas convaincue mais elle ne dit rien. Peut-être s'était-elle trompée. Son fils devait avoir raison. Elle aussi verrait demain.

En bas, les gens quittaient un à un leur travail, les personnes regagnaient leur foyer. Les écoliers traînaient dans la rue, bien vite rappelés à l'ordre par leurs parents pour les devoirs. Les intérêts s'opposaient : les uns voulaient s'amuser et laisser les heures passer, les parents, eux, voulaient se débarrasser des leçons et devoirs. Les mouvements du matin s'inversaient, les uns partaient, les autres revenaient, les mouvements étaient réglés par une sorte de balai du temps qui se consommait.

Ce monde se croisait en se posant à peu près les mêmes questions :

— Avez-vous passé une bonne journée ?

— Comment va la santé ?

— Le gosse a-t-il réussi ?

— Il a réussi son examen, sa composition, ce n'était pas bien méchant ; il avait travaillé. Il est sérieux. C'est une satisfaction.

— C'est toujours ce que je dis : le travail est toujours récompensé.

— Tant qu'il nous écoutera et sera sérieux !

L'après-midi s'avançait, les bars se préparaient à accueillir les clients du soir, les préparatifs allaient bon train, des fenêtres s'ouvraient toutes grandes, le quartier s'animait, les gens étaient heureux de rentrer chez eux. Là, des étudiants s'asseyaient sur le bord des fenêtres pour regarder le spectacle de la rue, s'invectivaient et désignaient d'autres personnes plus bas sur le trottoir ; ici, une dame secouait une couverture, une autre se dépêchait en direction de l'épicerie, un monsieur faisait demi-tour revenant sur ses pas, vers le tabac qu'il avait dépassé.

Des odeurs de cuisson flottaient dans l'air. Les bars, restaurants commençaient à se remplir, le manège des gens changeait. Celui du jour se ralentissait, celui du soir s'amplifiait. La ville s'allumait, les fêtards et clients de boissons arrivaient pour échanger maintes idées qu'ils reprenaient chaque soir avec autant d'animation.

— Tu as vu ces bombardements, ces morts et blessés ?

— Comment Dieu peut-il tolérer ceci ?

— N'allez pas si loin, regardez l'explosion de l'immeuble…

— Je te dis qu'il n'y a pas de Dieu, ou bien il est parti loin. Comment peut-il tolérer tous ces attentats, ou accidents ?

— Durant la guerre, les Allemands avaient bien écrit sur leur ceinturon : « Je me bats pour mon Dieu. » Combien de massacres se perpétuent au nom de celui-ci ?

— Regarde en Vendée, les cathares, l'Inquisition, les croisades, les protestants, les tueries du Moyen Âge, le Moyen-Orient ? Vous croyez que c'était intelligent ? Et tout ça : pourquoi ?

— Pour la force, la possession ?

— La folie, l'ambition ?

— Pourquoi ces meurtres au nom de quoi ? de qui ?

— On cache un instinct bestial sous un nom.

— Tu ne penses pas qu'autant de morts et de non-sens signifient qu'il n'y a personne ?

— Le spectacle du monde est édifiant.

— Autrefois, les gens craignaient et se battaient pour leur vie ; maintenant, c'est pour leurs acquis.

— On n'a qu'à mettre dehors ceux qui mettent en danger notre culture ; quand nous allons à l'étranger, nous faisons attention.

— Tu es bien sûr ?

— Attends, si tous les pays faisaient pareil, si chacun restait chez soi, nous nous regarderions de bloc à bloc.

— Si je comprends, tu aimes les étrangers quand ils sont chez eux ? Mais que pensent-ils de nous ?

— Nous ne sommes pas plus parfaits qu'eux, nous avons eu par le passé nos révoltes, nos hécatombes, nos tueries, nous en avons tiré la leçon : nous relativisons les croyances, les grandes théories, c'est peut-être ce qui gêne.

— Si un être supérieur a créé le monde, comment les humains ont-ils pu lui échapper, il y avait un défaut ?

— Ou alors, il leur a donné la liberté d'agir pour voir ce qu'ils sont capables de faire ou d'entreprendre ; on voit ce que cela a donné ; devant tant de bêtises, il s'est détourné d'eux, il a dû penser : qu'ils se débrouillent, je les abandonne à leur triste sort.

— Ils ne font rien de bon.

— Ils se saoulent, fument, pillent, se droguent, polluent et détruisent tout ce qu'ils touchent.

— Il a dû penser : ils sont devenus tellement idiots que je ne veux même pas tenter quelque chose pour eux.

— Les humains ne pensent qu'à eux.

— Il les a créés à son image… Enfin, paraît-il.

— Tu veux rire !

— L'enfant qui vient de naître n'a pas tous ces défauts !

— Qu'est-ce qui le fait devenir ainsi ?

— Ils ont bien chuté depuis la perfection, la tendre enfance ou la perfection du début.

— Pourquoi une perfection au début ?

— Où voyez-vous la perfection ? J'ai beau regarder, je ne la vois pas.

— Tu sais ces textes parlant de paradis perdu, de lois, de morale, tu ne crois pas que ça fait un peu guide de vie ? Nous croyons à partir de textes écrits par des penseurs un peu plus évolués à l'époque et qui ont essayé avec une belle histoire et beaucoup de peur de diriger les gens sur la voie de certaines réflexions.

— Il paraît qu'ils se sont assemblés en congrès pour voter des textes dits sacrés pour la postérité…

— Moi, je ne crois pas à la multiplication des petits pains, aux symboles, aux représentations, tout ceci est trop abstrait et loin par rapport aux maladies et notamment celles des enfants qui n'ont rien demandé. Face aux difficultés de ce monde, je ne comprends pas cette croyance.

— C'est un refuge et une excuse pour ceux qui ont fauté.

— C'est une croyance des anciens face à la mort ; et s'il y avait quelque chose ?

— Nous sommes faits de la même matière, des mêmes atomes, toi, moi, ceux de Léonard de Vinci ou de Socrate ou de l'étrangleur de Londres. Je ne vois là rien de divin.

— Que tu agences des atomes ou que tu fasses référence à une origine, tu as vu quelque chose de parfait, toi ?

— Moi, je dis que nous sommes seuls.

— C'est triste car il n'y a aucune sanction à nos modes de vie.

— Tu crois que c'est l'idée de Dieu qui empêche le tueur,

48

le violeur de passer à l'acte ?

— Les discussions sont bien sérieuses ! Patron, remettez la tournée !

— Vous êtes trop sérieux ce soir, vous me saoulez avec vos raisonnements !

— Tu préfères celle de la bière ?

— Tu disais que nous sommes faits de la même matière : pourquoi sommes-nous si différents ?

— Si tu pioches un peu plus, les atomes ne se reproduisent pas et ne meurent pas, nous sommes donc faits aussi d'autre chose.

— Pourtant la pensée, l'amour et la haine en proviennent et existent.

— La vie est un mystère.

— La mort est un mystère.

— Tout est mystérieux.

— On va loin avec ce type de raisonnement. C'est beau de vivre dans le flou et l'incompréhension, après deux mille ans de pensées, cent ans de sciences...

— C'est ça ! Vis à genoux et répète : tu accoucheras dans la douleur, les châtiments éternels de l'enfer... Je m'en remets à toi, mon Dieu... Et puis racle bien les genoux par terre... Crains les affres de l'enfer !

— Il paraît que cela fait du bien quand tu te relèves.

— Moi, je voudrais que les gens arrivent à s'extraire de ces imageries et croyances qui n'ont pas apporté grand-chose, et même, qui ont empêché le développement des esprits.

— En somme, tu demandes aux gens de ne plus croire aveuglément ou sans esprit critique, mais tu connais le dicton : « Si tu n'aimes pas quelque chose, n'en dégoûte pas les autres. »

— Oui, la tolérance, je suis bien d'accord mais je crains que trop de croyances entraînent, parfois, l'obscurantisme, des guerres...

— Mais dites-moi, vous êtes bien sérieux aujourd'hui ? Cela vous change ! dit le patron en distribuant les boissons.

— Oui, mon collègue était un ancien professeur de mathématiques dans un lycée privé et moi j'ai une maîtrise de philosophie, alors parfois nous nous heurtons sur certaines conceptions...

— Mais, dites-moi, vous avez bien changé, vous n'êtes pas dans les assurances maintenant ?

— Eh oui, les études mènent à tout !

— Chacun son destin, moi j'ai quitté l'enseignement car je ne supportais pas l'esprit qui y régnait.

— Moi, je le dis tout net : c'était pour doubler mon salaire.

— Nous venons parfois là avec nos équipes.

— Nous, nous venons le soir en fin de journée pour les matchs, dit une personne à côté. Mais au fond, personne ne se connaît et nous échangeons sur les opinions des uns et des autres ; ici personne ne savait qu'André était croyant et que j'étais anticlérical.

— De toute façon, ça ne changera pas les convictions de chacun.

— Je suis étonné de ce que tu disais tout à l'heure, s'il n'y a rien et pas de Dieu, se posent trois questions : comment le monde est-il né, et qu'est-ce qui contraint les humains à choisir une bonne attitude, à respecter la morale, à se comporter dans le respect de leurs prochains, à craindre des châtiments en cas de dépassement des règles de bonne conduite ? Qui peut s'affranchir des interdits, de la morale et disposer de la mort ? Il n'y a plus que la loi des hommes et jusqu'où peut-elle aller ? C'est surtout cette dernière qui peut me tracasser.

— De plus, s'il n'y a rien, pas d'interdits, qu'est-ce qui prouve la morale ?

— Tu as besoin de quelqu'un, d'une menace pour savoir ce qui est bien ou pas ?

— Je voulais dire : qu'est-ce qui peut justifier l'impératif de la morale, empêcher quelqu'un de mal se comporter, de tuer, par exemple.

— Si je comprends bien, tu as besoin d'une menace éventuelle, d'un jugement dernier, des foudres des enfers pour bien te comporter ou non ?

— Mais attends ! C'est vis-à-vis d'une bonne survie éventuelle, une confortable survivance ou vis-à-vis de tes concitoyens que tu dois vivre correctement ?

— Ce que tu dis est grave, tu cherches à te concilier ton bon Dieu pour ta tranquillité et ton confort futur, c'est beau ça !

— Pire encore, si la croyance est une affaire personnelle, les interdits aussi : cela expliquerait beaucoup de choses.

— Comment peux-tu croire en Dieu avec l'explosion de l'immeuble et les blessures des gens innocents ?

— Est-ce que quelqu'un est venu aux informations du soir te dire : ça y est, nous avons découvert Dieu et la morale à suivre ?

— Une morale, ça serait ennuyeux.

— Comment des atomes peuvent-ils engendrer une morale, une pensée ?

— Nous sommes faits d'atomes de Platon, Hitler, Franco, Mussolini, Clovis ou Jeanne d'Arc, César, ça fait peur !

— Moi, je me fous de la croyance.

— Attends d'arriver à soixante-dix ans, tu vas voir si tu

ne vas pas commencer à y croire.

— C'est idiot, je n'y ai jamais cru et ne croirai jamais ; du reste je n'ai jamais été à l'église.

— Et pour ton mariage ?

— Là, ce n'est pas pareil.

— Tu n'étais pas forcé de passer à l'église, tu aurais pu te marier à la mairie.

— Oui, mais c'était pour ma femme et surtout les beaux-parents, pour leur faire plaisir, et puis c'est beau !

— L'appel du beau est d'inspiration divine…

— Ça, ce n'est pas de toi !

— Tu sais, pour moi le curé est bien gentil mais c'est un homme et avec tout ce qu'on entend dessus…

— Comme disait le grand-père : moi, le bon Dieu, je le mange entre deux tranches de pain…

— Et le curé ?

— Qu'est-ce qu'il peut savoir de la vie et en dire : il est toujours fourré dans son église !

— C'est le représentant de Dieu, nommé par le pape, nommé par Dieu…

— Tout cela est bien compliqué. Ça fait beaucoup de procurations, moi je n'ai pas vu la profession de foi ni la délégation de pouvoir signée…

— Toi, tu ne crois en rien et tu ne délègues rien…

— C'est comme moi, je n'ai rien délégué aux députés et aux sénateurs…

— Si, quand tu votes.

— Je ne vote pas ; cela ne sert à rien.

— Si tu ne votes pas, tu ne participes pas, donc tu ne peux rien dire.

— Et je m'en prive, je fais chaque manif, je ne suis d'accord avec rien.

— Sauf avec le Ricard !

— Tout ça, c'est de la comédie ; que tu votes ou pas, cela ne sert à rien, tout est pipé. C'est réglé et entendu d'avance. On se fait toujours avoir. Ils s'engueulent devant les micros et à la télé mais se retrouvent tous à la buvette ou au restaurant de l'assemblée et à nos frais !

— On peut ne pas être d'accord et manger ensemble ; regarde ici, personne n'est d'accord.

— C'est nous qui payons.

— C'est ceux qui possèdent et dirigent les flux financiers qui commandent.

— Là, je suis d'accord, les grands groupes, puissances d'intérêts font les lois.

— Du reste, si tu regardes les grands contrats d'armements, les ressources minières, de l'eau, tu as les sources des conflits futurs ; c'est de la géopolitique.

— Tu ne penses pas qu'il y a quand même quelques bonnes lois ?

— Et lesquelles ? Qu'est-ce qu'ils ont proposé ?

— Le mariage pour tous ?

— Qu'ils ou elles se marient ou pas, qu'est-ce que cela change ? Il faut maintenant un bout de papier pour vivre comme on veut ? Moi, je ne demande rien et je vis comme je veux. Je n'ennuie pas les autres, je ne suis pas marié et j'invite qui je veux chez moi, j'appelle ça, la liberté. Je pense que la vie est simple et que beaucoup de gens se la compliquent.

— Moi, je préfère la petite qu'on a vue hier aux informations, elle n'est pas belle, celle-ci ?

— Ah ! Oui, elle est magnifique mais elle n'est pas prête de vivre avec toi, elle ne s'intéresse pas à des gens comme toi.

— Décolleté ultra-profond, échancré et tenues transparentes…

— Moi, elle a attiré mes yeux et je la mettrai bien dans mon lit.

— Elle ne voudrait pas de toi ; en deux heures elle t'aurait tout pris, tes économies et ta santé ; tu serais sur les rotules…

— Mais ça fait parler.

— Comme on dit, elle n'avait pas froid aux yeux !

— Oui, et il y avait du monde aux balcons !

— Mon pauvre, ne rêve pas, elle n'est pas pour toi.

Les gens les plus proches se moquèrent de lui.

En fin de journée les experts se rendirent au café du bas : à leurs conversations calmes, un consensus semblait s'établir : les choses paraissaient assez évidentes. Ils se séparèrent en soirée, assez satisfaits d'eux, non sans avoir absorbé quelques consommations qui ponctuèrent leur rencontre.

QUATRIÈME JOUR

Disparition

Le lendemain, le quartier s'anima brusquement sous les ordres des policiers de la ville qui vinrent détourner la circulation de la rue et le passage de l'enlèvement des poubelles qui compliqua grandement la chronologie des événements. Les gens étaient mécontents que l'on change leurs habitudes ; par où voulait-on qu'ils passent ? Deux camions vinrent renouveler les bennes mais la colère des gens déborda quand les employés commencèrent à amener les plots d'interdiction de stationnement devant la clinique. La circulation perdait sa fluidité.

Une énorme pelle mécanique descendit avec précaution d'un camion plateau pour pénétrer dans la rue et avancer lentement sur de larges chenilles pour prendre position devant l'immeuble. La rue vibrait sur son passage. Elle devait pivoter sans être gênée. Ce ne fut pas le cas et il fallut déplacer les deux bennes, les écarter en les éloignant un peu du centre de l'immeuble. La pelle put ajuster son mouvement de giration en fonction de la façade et son bras put se développer sans contraintes.

Les ouvriers se donnèrent rendez-vous au bar pour absorber des sandwichs et des cafés. Cette joyeuse bande prit des forces pour la matinée. Le chef de chantier envisageait les difficultés à venir avec ses salariés : il devait faire abattre les balcons mais empêcher les gravats de ricocher sur la façade ou les balcons d'en dessous. En démolissant par le haut, comme responsable, il calculait comment il allait édifier ces protections. Il lui fallait donc commencer en poussant le maximum vers le centre de la bâtisse et arracher avec minutie les balcons. Il fallait protéger les trottoirs de tous les écroulements et rebonds des projectiles les plus divers résultant de la fracturation de la façade.

En fin de compte il se dit qu'il attendrait l'avis des spécialistes. Il alla chercher au dépôt le carburant de sa machine.

Le fils de la vieille dame d'à côté passa et leva machinalement les yeux : il y avait tellement de personnes sur les lieux qu'il était impossible qu'il y ait encore quelqu'un quelque part puisque tout avait été nettoyé et que le chantier préparait la démolition. Il s'en alla et pensa qu'il dirait qu'il n'avait rien vu pour apaiser sa mère.

Le conducteur de l'excavateur fit démarrer sa machine et chauffer le moteur comme il le faisait souvent pour monter et contrôler la pression d'huile dans les vérins, puis, au bout d'une demi-heure, il se fit aider par deux autres ouvriers pour monter le second bras et placer les écrous des rallonges, flexibles, et axes de commandes. Tous ces préparatifs leur prirent beaucoup de temps et les amenèrent à midi. Les discussions des riverains allaient bon train sur les dangers, les chutes éventuelles, les accidents possibles. Chacun finalement attendait que quelque chose n'aille pas. Ils attendaient un accident : et si la façade tombe sur la pelle ? Si des pierres blessent le chauffeur ?

À la suite des différents rapports du chef d'escadron des pompiers, du directeur du chantier et des différentes commissions, le chef de chantier et ses ouvriers devaient prévoir la venue des résidents, les faire accompagner un par un par des pompiers pour éviter tout accident et chacun ne disposerait que de quelques minutes pour emporter de légers bagages. En début d'après-midi, les anciens habitants de l'immeuble sinistré passèrent donc rapidement chercher les quelques objets encore intacts, trièrent et prirent plusieurs affaires personnelles, encadrés par des soldats du feu et des responsables du chantier.

Les ouvriers avaient obstrué les trous dans le sol et dans les escaliers à l'aide de planches épaisses pour que les personnes puissent marcher sans danger. Le calme revenu, le chef d'équipe remarqua que personne n'avait réclamé les affaires du deuxième étage. Il fallait avertir la police, demander l'autorisation de réunir ce qui pouvait l'être dans des sacs et les évacuer dans un lieu protégé. Le responsable de chantier s'en chargea et remarqua qu'il y avait aussi des affaires et des jouets de gosse. L'ensemble fut réuni dans plusieurs grands sacs, et déposé dans une cave fermée. Le central de police avertit qu'un policier viendrait étudier les sacs entreposés pour les besoins de l'enquête.

Une personne se garant devant la clinique accrocha le bas de caisse de sa voiture à un plot et sortit de celle-ci en jurant, ce qui mit en colère les personnes sur les trottoirs aux alentours…

— Pourquoi ont-ils placé ces plots !

— On ne sait plus où se garer.

— Il n'y en a que pour les vélos et les piétons.

Le patron du bar pestait contre la rue barrée :

— Regardez-moi ça, ils arrêtent tout ; comment voulez-vous que les gens viennent jusqu'ici ? Ils évitent le quartier maintenant : les clients passent directement par les rues longeant le commissariat central ; où voulez-vous qu'ils se garent ? Comment voulez-vous que je vive, moi ?

— Regardez ça, ils sont toujours en travaux.

— Et, en plus, ils vont démolir l'immeuble.

— Démolir et reconstruire à la place.

— J'ai entendu dire que c'est une banque ou une assurance qui va venir.

— Encore ! Il y en a partout.

— Attends, d'abord il faut déblayer.

— Ils vont prendre combien de jours ?

— Deux ou trois semaines, peut-être un mois.

— Ce n'est pas possible et mon chiffre d'affaires ?

— Pleure pas, tu le retrouveras après.

— Tu auras les salariés de la banque comme clients, tu seras content ; un peu de patience. Les employés doivent manger ou boire, que ce soit une habitation ou une agence, ils viendront.

— Oui, mais en attendant, je ramasse une claque.

— Comme ton collègue en face.

— Non, lui, c'est autre chose, c'est une brasserie surtout pour les soirs de match ou pour les gens de passage.

— Moi, je fais de la restauration, je dois prévoir et là, ça va être coton.

— J'ai des commandes de poisson, de moules, de viande ; tu comprends que je ne peux pas garder les produits trop longtemps, il faut que j'ajuste.

— Ils n'ont qu'à faire comme à la télé, une explosion et tout est descendu en quelques secondes. Il ne reste plus qu'à nettoyer la poussière.

— D'habitude, les clients arrivent à dix-huit heures pour les apéros ; hier, ils ont commencé à dix-neuf heures trente.

— Ne t'en fais pas, dans un mois tu n'y penseras plus.

— En attendant, il faut que je paye mes factures et mes employés.

— Je ne supporte plus ces décisions, ils coupent la

circulation, barrent les rues, suppriment des places de parking, réglementent tout sans te consulter.

— De quoi va-t-on avoir le droit ? C'est incroyable.

— C'est de la réglementation publique, il faut bien organiser ; tu crois que les gens se disciplinent eux-mêmes ?

— Je n'ai besoin de personne pour organiser mon commerce et celui qui me dira comment il faut faire n'est pas né.

— Ça n'empêche pas ton livreur de boucher la rue quand il te livre !

— Oh ! Pour cinq minutes !

— Eh oui, chacun prend cinq minutes sur le dos des autres...

— Tu es un révolutionnaire permanent, il faut se calmer, il faut admettre que les gens ne sont ni disciplinés ni corrects d'eux-mêmes, il faut des lois.

— Elles sont toujours restrictives.

— Si tout allait de soi, ce serait bien.

— Regarde les chemins de campagne, tu as de très beaux paysages mais ils deviennent rapidement des déchetteries par bêtise ou par fainéantise. Pourtant tout est prévu pour éliminer les déchets, mais il faudrait que ce soit au bas de leur habitation. Regarde les bouteilles, pour les boire ils savent lever le coude, mais pour les jeter par les trous des box, ils sont incapables de lever les bras.

— C'est par bêtise et provocation. Même dans l'école, partout tu as des éclats de verre.

— Même dans les églises, les gens laissent des papiers.

— Tu as des bouteilles en plastique ou des morceaux de verre le long de toutes les routes !

— C'est du sans-gêne et un manque d'éducation.

— C'est par protestation, je ne suis pas satisfait je casse, je t'esquinte tout !

— Tout le monde veut des améliorations, à condition que ce soit les autres qui fassent et qui paient. Il faut un peu d'ordre et de discipline, ce n'est pas l'enfer. Tout le monde se plaint, nous le voyons derrière nos comptoirs, mais on ne vit pas trop mal en France. Va vivre en Algérie ou en Serbie, tiens, au Maroc ou en Pologne... Il faut un minimum de rectitude.

— Regarde dans la rue, si chacun se faisait livrer comme toi à n'importe quelle heure...

— C'est parfois le cas : par accident.

— Eh bien, tu vois l'effet.

— C'est toujours l'opposition entre les pays latins plus brouillons et nordiques plus disciplinés.

— Ah ! La discipline germanique !

— Pourquoi ils ne livrent pas chez eux ?

— Si, mais tu as une heure limite et la police ne plaisante pas !

— Va jeter un papier par terre en Suisse, ce sont les habitants qui te rappelleront à l'ordre ou le flic qui te dressera un PV corsé.

Le chef de chantier n'avait toujours pas reçu l'ordre de démolition, tous ces contretemps l'énervaient, chaque heure passée représentait un coût qu'il fallait éviter. Le temps s'écoulait et son téléphone ne sonnait toujours pas. Si cela continuait, en fonction de l'heure qui s'avançait, il commencerait demain, car démarrer la démolition dans l'après-midi l'inquiétait, il préférait avoir toute une journée devant lui pour commencer et gérer les aléas... À quinze heures, il demanda aux employés de l'aider à remporter le carburant au dépôt.

Puis, ils décidèrent de quitter le chantier et d'arriver plus tôt le lendemain.

Le fils de la vieille dame repassa, s'arrêta et se dit : il n'y a plus personne, on n'entend rien. Le silence est parfait, se dit-il, puis il haussa les épaules. Ma mère a dû se faire des idées ou le bruit venait d'ailleurs dans le voisinage, il y a d'autres immeubles. Il pressa le pas pour rentrer chez lui. Quand il déposa son attaché-case, il lui dit :

— J'ai regardé et écouté, je n'ai rien vu ni rien entendu.

— C'était peut-être un autre enfant d'un immeuble d'à côté.

— Sûrement ! Car avec des ouvriers qui travaillent tous les jours en continu dans le chantier, je ne vois pas comment ils pourraient ne pas voir un petit garçon.

— Tu as sûrement raison mais personne n'a pris des nouvelles de la mère, le petit doit être avec elle.

— Je ne vois que cela.

En haut, le petit respirait mal, il devenait de plus en plus faible. Grâce à la gouttière déchirée et des filets d'eau qui en coulaient, ses lèvres s'humectaient. Ce n'était plus qu'un être de chair, qui pensait par intermittence. Dans son cocon de plâtre et de laine de verre, sa température avait chuté. Du fond de son être, dans un son sourd et confus, il entendit la voix de sa mère crier :

— Mon petit, mon petit, mon petit…

— Maman, maman où es-tu ?

Elle était là, elle était venue le chercher, maman…

Il ouvrit les yeux, épuisé. Il ne voyait rien. Il s'abandonna et flotta par intermittence entre le sommeil et l'inconscience.

À l'hôpital, dans une chambre blanche, sa maman s'agitait, sa bouche, ses lèvres, voulaient articuler mais aucun son n'en sortait. Ses mouvements désordonnés déclenchèrent l'alarme par les rythmes du monitoring, l'infirmière de garde se précipita. Qu'est-ce qui arrivait ? Alerte ! Son rythme cardiaque s'emballait. Le moniteur était clair, la personne était en danger. Deux assistantes s'activèrent pour préparer la réanimation, une autre les médicaments de soutien. Elle tenta de les repousser de ses mains. Les infirmières se mirent à deux pour l'immobiliser et faire la piqûre. Elles entendirent des mots indistincts prononcés par la patiente qui appelait, semble-t-il, quelqu'un, puis celle-ci, épuisée, se calma.

Les infirmières restèrent quelque temps dans la chambre pour la surveiller et sortirent. Quelques heures plus tard, la scène se renouvela. La maman s'agita de plus belle, son regard supplia l'infirmière qui était penchée sur elle ; cette dernière comprit qu'il se passait quelque chose, qu'elle voulait communiquer et lui enleva les tuyaux d'assistance en essayant de la comprendre.

Elle comprit : « Enfant, mon enfant », dans un souffle…
— Quel enfant ?
— Mattéo. Mon Mattéo.
— De quel enfant parle-t-elle ?
— Elle a un enfant ? Où est-il ?
— Êtes-vous enceinte ?
Elle fit non de la tête.
— Mon enfant, mon enfant Mattéo.
— Vous avez un enfant ?
Elle répondit par un faible signe de tête affirmatif et ferma les yeux. Le rythme cardiaque de la patiente se calma et cette dernière reposa sa tête plus sereine. Elle se fatiguait vite et la communication était difficile.
— Il faut alerter le médecin.
—Attends, elle était seule aux admissions, il n'y avait

63

personne avec elle, personne n'est inscrit sur sa fiche pour prévenir ou la chercher.

— Ce sont les pompiers qui l'ont amenée, ils devaient faire un rapport pour rechercher la famille.

Le lendemain le médecin fut alerté. À qui devait-on s'adresser en cas de danger ? Avait-elle mentionné un nom ? Lors de son admission, elle était inconsciente. Quelqu'un l'avait-il réclamée, avait-on pris de ses nouvelles ? Le service se trouvait complètement démuni. Il fallait avertir la police et effectuer avec elle une enquête de voisinage. L'infirmière en chef signala le cas au central de police. Ce dernier fit le lien avec le rapport des pompiers et du chef de chantier sur les affaires non réclamées.

— C'est curieux que personne ne s'intéresse à elle ; elle n'a pas de famille, de parents ?

— Personne n'est venu la voir.

L'enquêteur regarda sa montre, et décrocha son téléphone pour appeler la voiture de patrouille du secteur. Il réussit à la joindre, par bonheur, elle n'avait pas achevé sa ronde et put lui demander d'aller effectuer une préenquête dans le quartier.

— Tiens, voilà la flicaille ; qu'est-ce qu'ils cherchent ?

Un policier entra dans le bar :

— Bonjour Messieurs, dites-moi, pouvez-vous me dire si dans l'immeuble de l'explosion vous avez vu une dame et un petit garçon ?

— Oui, souvent une belle jeune femme passait, nous l'avions remarquée. Elle était jolie, elle souriait toujours et était accompagnée d'un petit garçon plus blond qu'elle, joyeux, un peu turbulent et espiègle, il gambadait partout autour de la jeune femme ; maintenant, savoir si elle habitait l'immeuble, je ne saurais vous dire.

— C'était une belle femme.

— Elle ne laissait pas indifférent.

— C'est curieux mais à part le drôle, on ne voyait pas d'homme avec elle.

— Savez-vous où est le petit garçon, quelqu'un l'a-t-il vu avec une voisine ?

— Attendez !

Le brasseur appela de l'autre côté de la rue le restaurateur qui lavait son trottoir.

— Il me semble que dans la rue, il y avait une dame et un petit mais je ne sais pas où ils résidaient.

— Auriez-vous une photo ?

— Hélas, non.

— Si, ça me revient ; elle était jeune, belle et alerte, elle était dynamique, très souvent avec un petit blondinet, blond comme on n'en voit plus.

— C'est curieux, elle était toujours avec son petit et n'avait pas l'air de s'en laisser conter.

— Souriante, moi je trouve qu'elle avait un regard dur.

— Maintenant, si elle élevait son gosse toute seule, ça ne devait pas être toujours marrant !

— Maintenant, est-ce le sien ou est-ce une nounou ?

— Non, elle avait trop d'attention pour lui.

— Quel âge avait-elle ?

— Entre trente et trente-cinq ans.

— Ça pourrait correspondre.

— Qui pourrait me renseigner plus précisément, pouvez-vous me dire où est le petit, ou la personne qui le garde ?

— Comme voisine de confiance et amis, elle pouvait avoir la buraliste qui fait dépôt de colis, le boulanger…

— Sinon, dans la rue qui remonte, le bureau de tabac.

Le policier repartit. Il parcourut les trois rues, se renseigna partout ; personne ne connaissait les habitudes de la jeune dame ni ne savait qui pouvait garder l'enfant. Il n'avait aucune certitude. Il lui fallait retrouver tous les habitants relogés.

Revenu à son bureau, il fit un rapport provisoire et interrogea le syndic de l'immeuble, les personnes à contacter en cas d'accidents et commença à rechercher les jeunes familles par les écoles les plus proches, la mairie, la Sécurité sociale et les médecins généralistes ; de proche en proche, sa liste commença à diminuer, jusqu'à ce qu'il arrivât à un nom. Une personne qui habitait l'immeuble et qui se souvenait bien de cette jeune femme délicieuse et de son petit garçon blondinet, beau comme un rêve, confirma les faits et précisa que personne, absolument personne n'avait vu le gamin ni ne connaissait le père. C'était maintenant une certitude.

— Où peut être ce petit ? Il n'a quand même pas disparu ?

Le lendemain fut organisée une réunion d'équipes au central.

— Lancer l'alerte enlèvement ? Il n'y avait aucun indice d'un rôdeur, d'une présence louche ou menaçante sur les lieux.

— Cette dame avait-elle de la famille dans la région ?

— Où était le père ?

La police enquêta sur son lieu de travail et rencontra la direction du personnel et son chef de service : ils confirmèrent qu'elle avait bien un petit enfant mais qu'elle n'avait jamais parlé du père en aucune occasion. On l'avait bien vue sortir avec des collègues de travail mais c'était assez rare, pour les séminaires, en fin d'année ou pour des dîners de groupes, mais jamais avec le père. Elle devait laisser l'enfant à une voisine mais personne ne savait laquelle. Comment avait-elle enregistré son enfant ? Quel nom avait-elle donné comme père sur les papiers administratifs ? Un gendarme fut délégué pour cette recherche et chargé d'assumer la coordination des indices récupérés. Ainsi la police put remonter au fichier Sécurité sociale, puis à l'état civil et découvrir la nouvelle adresse du père. Il vivait maintenant à Marseille.

La jeune femme était venue s'installer dans le quartier avec son enfant il y a deux ou trois ans. L'enquêteur principal décida de repasser en fin de journée à l'hôpital voir si la maman disposait dans ses affaires d'une photo du gosse, un ordinateur dans lequel il pourrait trouver des révélations ou un téléphone portable pour étudier les appels et trouver des renseignements sur d'éventuelles communications entre le père, la mère et le petit.

Le gendarme passa avant à l'immeuble, il avait demandé au chef de chantier de l'attendre pour qu'il puisse voir et prendre les affaires de la dame du second. Il trouva un ordinateur que la scientifique ouvrirait en cas de code pour rechercher les données exploitables et savoir où pourrait se trouver son enfant, ainsi que les correspondances possibles avec son mari. Il observa de nombreux jouets d'enfant. Il avait maintenant un peu plus de certitudes et attendait la conclusion des travaux de ses collègues.

Soit le gosse avait été recueilli par une voisine qui oubliait complètement de le signaler, soit il avait été enlevé. Il pensa que, peut-être, le père en refaisant des papiers administratifs avait eu connaissance de la naissance de son fils et qu'il était venu le chercher : ces retrouvailles différées étant un cas classique rencontré par la police. Les enquêteurs établirent quand même un avis de disparition dans la presse locale pour que toute personne ayant vu ou hébergé un petit garçon blond âgé de cinq ans, vêtu d'un tee-shirt rouge et d'un jean bleu et chaussé de baskets, devait le signaler au central de police. Durant ce temps, le policier délégué à la recherche du père avait transmis les informations à ses collègues de Marseille.

Le chef de chantier était contrarié car un retard de dernière minute l'empêchait de démarrer les travaux. Toutes les signatures n'avaient pas été apposées au bas du document scellant l'accord de démolition. Une nouvelle fois les ouvriers quittèrent le chantier en refermant les portes par des chaînes et un gros cadenas pour sécuriser les lieux. Le chef de chantier inspecta et secoua les palissades de sécurité. Par des gestes normaux personne ne pouvait les franchir : ils purent partir en toute quiétude.

L'agent de police partit en s'assurant que personne ne pouvait rentrer ou sortir, il fit le tour en levant la tête et en regardant bien entre les planches. Il ne vit rien, il n'y a aucun mouvement. Il resta au moins un quart d'heure à tourner, observer la disposition des lieux, contrôlant chaque point. Il se dit qu'en aucun cas un enfant caché dans les environs ne pouvait pénétrer dans l'immeuble. Les palissades, les chaînes ne permettaient à personne de se faufiler. Il regarda les fenêtres des appartements voisins contourna le chantier... et repartit.

CINQUIÈME JOUR

La recherche

Le lendemain matin, arrivé au bureau, le major de gendarmerie téléphona à la société propriétaire des bennes pour savoir où ces dernières étaient déchargées et comment il pouvait joindre le responsable du dépôt. Ce dernier lui dit n'avoir rien remarqué de suspect. Il expliqua que les gravats étaient triés par matériaux et qu'ils étaient à nouveau concassés pour alimenter et servir de remblais pour les tabliers des autoroutes, voies de chemin de fer, routes ou gros chantiers.

Il promit d'aller inspecter les hangars pour observer les décharges et qu'il le rappellerait, dans la journée ou le lendemain, s'il repérait quelque chose d'étrange.

Le policier devenait de plus en plus inquiet ; un enfant ne disparaît pas comme cela ! Ou il avait été enlevé et séquestré, ou enlevé et maintenant mort, ou il était bien quelque part ; il ne l'avait pas vu à l'hôpital.

Il repartit sur le chantier qui cette fois était ouvert et interrogea chaque ouvrier. Puis il monta lui-même dans les étages, parcourut tous les coins possibles, vérifia dans chaque pièce placards, recoins… Rien toujours rien… Bon Dieu ! J'en ai assez ! pensa-t-il. Il arriva au second dont la baie vitrée avait volé en éclats. Il vit le balcon qui s'était un peu incliné sous les morceaux de plafonds et de murs supérieurs, les tas de détritus et de gravats poussés par les ouvriers contre les rambardes. C'était un ramassis de morceaux divers et variés de briques, ciments, plâtre et de la laine de verre collée par l'eau. Tout ceci tomberait avec la démolition. Durant ce temps, ses collègues de Marseille partirent interroger le père du gamin.

Un compte rendu téléphonique avait même été tenu par le central pour échanger les éléments du dossier. En quelques minutes, trois enquêteurs partirent sans délai à l'adresse récupérée. Arrivés chez lui, ils ne furent pas très tendres. Pour eux il y avait urgence, la vie d'un enfant dépendait de leur travail.

— Monsieur Delorme ?

— Oui.

— Parlez-nous de votre enfant. Nous faisons une enquête pour savoir où est votre fils, le petit Mattéo.

Le père étonné écarta les bras en signe d'impuissance et de questionnement.

— Mattéo est votre fils : vous connaissez Mme Forgea ?

— Quel fils ? Je n'ai pas de fils, oui je la connais, j'ai même vécu trois ans avec elle. Moi, j'ai une fille.

— Vous avez le petit Mattéo ?

— Nous n'avons pas eu d'enfant ensemble, elle a pu avoir un enfant avec une de ses connaissances après moi, je ne sais même pas si elle est mariée ou pas.

— Nous avons vérifié les papiers administratifs qu'elle a remplis, elle a bien mentionné votre nom et les dates correspondent assez bien. Si nous comptons neuf mois et l'âge du petit Mattéo avec votre départ de Bordeaux et votre arrivée ici, vous étiez encore ensemble ou vous veniez juste de vous quitter…

— Pas si vite, je ne comprends rien.

— Elle ne vous a rien dit ? C'est quand même curieux !

Les idées du père commençaient à se mettre en place.

— Il est vrai que nous avons vécu ensemble à une époque, nous nous sommes quittés par la suite. Elle ne m'a jamais dit qu'elle était enceinte, ni que j'avais eu un enfant ; nous n'avons jamais essayé de nous revoir ni même cherché à correspondre.

Allons bon, voilà autre chose, pensa un des inspecteurs.

— Quelque temps plus tard, j'ai déménagé et je me suis installé à Marseille près de ma famille pour trouver du travail et refaire ma vie. Je n'ai plus entendu parler d'elle.

— Elle ne vous a jamais rien dit.

— Non, et nous ne nous sommes jamais revus ni contactés.

— Même pas pour des papiers administratifs du gosse ?

Les policiers avaient du mal à croire qu'il ne connaissait pas l'existence de ce fils. Mais c'était aussi à la mode de faire un bébé « toute seule ». Certaines femmes veulent un enfant sans vouloir une vie de couple, c'est différent, pensa l'enquêteur, mais voilà à quel imbroglio on arrive. Mais est-ce que c'était vrai ? Il fallait vérifier.

Peut-être y avait-il eu une jalousie entre sa nouvelle femme et son ancienne compagne, peut-être des questions de train de vie, d'argent, pour participer aux frais du petit ? Ils lui posèrent de nombreuses questions sur son amie, leurs déplacements respectifs... Revoyait-il cette personne dans certains déplacements professionnels, avait-il des contacts cachés ? Les deux femmes se connaissaient-elles, s'étaient-elles téléphoné ?

— Il va falloir que vous passiez au poste mettre tout cela au clair et par écrit car nous, nous avons un gosse dans la nature et un humain ne disparaît pas par enchantement.

— Encore une fois, savez-vous où est Mattéo ?

Finalement, ils lui demandèrent de les suivre et de leur confier son téléphone portable pour vérifier et tracer les appels. Ils avaient du mal à comprendre ou à se résigner aux explications de cet homme. Celui-ci passa toute la journée au commissariat à répondre aux questions des policiers et ses réponses furent vérifiées une à une. Les policiers n'arrivaient pas à reconstituer le puzzle de cette histoire.

À dix-huit heures, son interrogatoire fut arrêté à la suite de l'appel de Bordeaux qui fit part de ses fouilles dans les affaires de la rescapée, du passage à l'hôpital et du compte rendu des relevés téléphoniques : il n'y avait aucune correspondance entre la jeune femme et son ancien compagnon. Nulle part, l'enquêteur n'avait trouvé d'écrits, de lettres, de papiers officiels, de traces informatiques dans l'ordinateur mentionnant le père, pas de photo, aucune trace d'une vie de couple. Les infirmières lui avaient confirmé que la jeune maman n'avait jamais parlé du père et ne s'inquiétait que du petit car son sommeil était agité et elle l'avait appelé plusieurs fois.

À Bordeaux, le policier reprit l'interrogatoire du voisinage, mais la tâche était assez ardue car il devait visiter au moins cinq immeubles. Près du chantier les discussions allaient bon train.

— Tu as vu ce policier qui questionne partout à propos de cet enfant ?

— C'est un scandale, un enfant ne disparaît pas comme cela.

— Il a été enlevé.

— Un enlèvement, pour quelle raison ? Une rançon ? Ce n'est pas avec ce qu'elle doit gagner !

— La police aurait dû le retrouver !

— Avec tout ce que nous entendons, tous ces détraqués en liberté…

— Attends ! Au nom de la liberté, la société ne peut pas détecter a priori les déviants.

— Il était trop beau, trop innocent, ça attire les prédateurs, les déviants.

— Il a peut-être été violé, tué et enterré quelque part.

— Comme tu y vas !

— Regarde les faits divers, qu'est-ce que tu as ?

— Tu es vite renseigné sur la condition humaine !

— « Humain, trop humain », disait un auteur célèbre.

— Je me souviens de ce gamin qui remontait une rue et avait croisé un jeune sans domicile fixe et qui avait reçu plusieurs coups de couteau.

— Souviens-toi, il y a quelque temps, cette jeune femme qui avait été tuée et brûlée dans une forêt, dans un piège à sanglier…

— Tu parles de civilisation et de vie.

— Tu veux dire de progrès mental !

— Oui, mais à ce point-là où est l'évolution ?

— Et là, ce sont deux êtres sans défense qui trinquent.

— La tendresse n'existe que quand des êtres s'aiment.

— Regarde ce qui se passe dans les familles, tu crois que c'est joli ?

— Là, on trouve de tout, des salauds et du fabuleux.

— Chaque jour, l'ouverture des journaux télévisés traite des faits divers noirs, il n'y a rien de drôle.

— En effet.

— Toutes les informations commencent par les accidents d'avions, de trains, de bateaux, les décès, les guerres… La collection de tout ce qui ne va pas, on disait autrefois que c'était la rubrique des chiens écrasés…

— Tu as raison, ils pourraient commencer par les avancées scientifiques, les réussites d'opérations, les nouvelles technologies, la vie de grands artistes, les nouveaux brevets scientifiques, les nouveaux médicaments, nouvelles découvertes, essais thérapeutiques, technologiques…

— Tiens, regarde à la télé la tête de celui-ci ! Qu'est-ce qu'il va nous annoncer comme impôts nouveaux ou autres idioties ?…

— Je ne peux plus les voir, ils se moquent de nous, et l'autre qui lui répond, ça n'arrête pas !

— Je ne peux plus les sacquer !

— Ils pensent qu'on ne comprend pas leurs magouilles : s'ils baissent d'un côté, ils augmentent de l'autre.

— Dès que l'un parle, l'autre le critique ou n'est pas d'accord ; lui aurait fait différemment, qu'est-ce qu'il attend ?

— C'est de l'information ; tu es au courant de ce qui t'attend ?

— Des comportements de gamins.

— Qu'est-ce qu'on se fout de leurs avis !

— Toutes les heures, ils en remettent une couche.

— Mets de la musique.

— Tiens, regarde, que fait la police ? Cela fait quatre jours qu'ils cherchent.

— Ils sont encore là.

— Maintenant ils ne retrouveront rien.

— Je te dis qu'il est déjà mort.

— C'est trop tard, toutes les émissions le disent, les premières heures sont cruciales…

— Attends, il y a une explication rationnelle à tout.

— Moi, je pencherais plutôt pour une jalousie de couple.

— Tant qu'on ne l'a pas retrouvé, il y a un espoir même s'il s'amenuise de jour en jour.

— Tu penses à la mère ?

— Quelle époque vivons-nous ! De tout temps, du

75

Moyen Âge à maintenant, il y a eu des violences et des déviances. On abandonnait les enfants autrefois dans des niches près des églises ou devant leur porte. Quant à la considération des femmes au Moyen Âge ou dans certains autres pays...

— Quand même, avec tous les moyens modernes...

— Je te dis, moi, que la police fait du travail de routine mais c'est du gros.

— Tu as bien vu, elle enquête, regarde, il y a deux voitures.

— Tu ne crois pas que les voisins pourraient aider et chercher ?

— On s'occupe bien plus du match de la veille, du camion qui a bouché la rue, de la voisine sexy, de la petite phrase stupide d'un politique, de la paire de fesses de telle ou telle actrice, des frasques de tel ou tel chanteur ou joueur de foot, de la presse à scandale que de la disparition d'un enfant.

— La semaine prochaine, on n'en parlera plus.

— Nous vivons un monde frivole et d'apparence, que de l'information superficielle ; qu'est-ce qui intéresse les gens ? Ils attendent du sensationnel, regarde les journaux...

— Quelques scandales politiques, du sport et des histoires d'actrices ; c'est ce qui captive le public.

— Rien de profond, pas d'analyses conséquentes, du superficiel, que de la bêtise humaine.

— Qu'est-ce que tu veux dire ?

— Tu ne vas pas me dire que la page sur le comportement du joueur de foot, la descente de l'actrice à moitié nue, c'est de l'information primordiale ?

— Je veux bien qu'il y ait des degrés dans l'information et c'est sûr que nous pourrions nous en passer, mais il y a des mordus du genre, ça fait partie de la connaissance de la personnalité.

— Bien sûr, il y a information et information, il y a une différence entre les faits divers et les traitements de la liberté, de la justice et de la presse dans certains pays, il ne faudrait pas tuer les uns au nom de la bêtise des autres.

— Moi, je suis pour tout laisser dire, au bout du compte, les gens lassés feront d'eux-mêmes le tri.

— Moi, j'en ai assez des mièvreries, les gens ne font pas la différence entre les émissions de téléréalité et les véritables émissions qui apportent du contenu.

— Tu es trop sérieux, les gens veulent aussi du léger, de l'espiègle, de la détente.

— On ne peut pas toujours parler de la politique extérieure, des droits de l'Homme, de l'économie…

— Ils ont même créé le métier d'actrice et d'acteur de téléréalité…

— Tu appelles ça acteurs ou actrices ? Moi, j'appelle ça plutôt les mille et une manières de montrer ses fesses ou ses seins ou de se faire tripoter.

— Il y en a qui attendent ça…

— Tu crois que celles et ceux qui rentrent fatigués du travail et d'une heure ou deux de transport veulent des prises de tête, comme disent les jeunes ?

— Des jeux ou de la vraie détente, quelque chose qui les sorte de ce qu'ils rencontrent tous les jours.

— Que ce soit sur la route ou pour les accidents d'avions, il s'agit d'erreurs humaines, d'actes oubliés, quatre-vingt-dix-neuf pour cent des accidents proviennent de la bêtise, de la non-prise en compte des procédures ; là, pour l'explosion de l'immeuble, une personne a dû oublier une casserole sur le feu ou de fermer le gaz, il s'agit peut-être d'un contact d'une lampe défectueux.

— La bêtise journalière alimente l'information, ça ne s'arrête jamais car nous n'aurions rien à nous mettre sous la dent.

— Analyse les informations, elle traite des crimes, de faits divers, des habitudes... de la vanité, de la frivolité humaine, du superficiel.

— Tu es dur.

— Une semaine ça été le pont qui s'est effondré, la suivante la non-sélection d'un joueur, puis la sortie tonitruante d'un politique, puis l'arrestation du voleur, un discours d'un président étranger. Chaque semaine, tu as un sujet nouveau, l'un efface l'autre, ça passe... passe le temps...

— On oublie vite, mais d'un autre côté, les personnes ne peuvent pas rester bloquées sur un seul fait, mais leur répétition et leur rabâchage entraîne une certaine vision du monde.

— On s'embêterait. Regarde, tu penses, comme disait Descartes, que le bon sens est la chose la plus partagée au monde ?

— Moi, je dis que c'est la bêtise ! Si toutes les décisions, actes, paroles étaient frappés au coin du bon sens, est-ce que tu crois que les journaux auraient chaque matin un flot de nouvelles à transmettre ?

— Tous les dires qui nous entourent sont du domaine de l'opinion, rien de profond qui change nos conditions de vie.

— Pour le moment, nous n'avons rien sur ce pauvre petit gosse, disparu.

— Disparu, disparu, en voilà une tournure de phrase !

Le chef de chantier arriva en retard, réunit ses hommes

au casse-croûte du matin, les directives venaient d'arriver. Ils avaient toutes les signatures et pouvaient enfin démarrer la démolition. Le conducteur de la pelleteuse vérifia les niveaux de sa machine, les graisseurs, puis démarra son moteur pour faire monter la pression d'huile dans les vérins. Une demi-heure plus tard, le bras de la machine se déploya au maximum pour atteindre le quatrième étage et ouvrit ses crocs d'acier. Le chauffeur le monta à la limite du mur et du toit gauche et poussa. Un pan s'écroula à l'intérieur de la bâtisse. Quelques morceaux de briques rebondirent le long de la façade. Il recommença un peu à droite puis ouvrit la puissante mâchoire du godet pour agripper les matériaux, les arracher pour les descendre dans les bennes. La démolition était longue et minutieuse, il ne s'agissait pas de tout abattre, mais de faire tomber ce qu'on pouvait dans l'immeuble, pour qu'il ne reste à sa place qu'un tas de gravats, et de capter ce qui pouvait l'être pour l'amener dans les bennes. Cependant, de gros morceaux de murs se disloquaient le long de la façade, heurtaient et rebondissaient sur les balcons.

Le conducteur de la pelle va s'en ramasser un, pensa un passant.

Le chauffeur ne prit pas le temps de s'arrêter pour déjeuner car il voulait parfaire son travail. Sa responsabilité était engagée et il devait être précautionneux pour anticiper les chutes. Il consomma son temps dans un travail méticuleux et précis. La fin des heures de chantier arriva, les ouvriers s'en allèrent en refermant les portes de protection. Il fallait prévoir pour le lendemain les rotations et ne pas perturber par des allers et venues trop longues le rythme du travail.

— Tu penses à ces familles relogées ?

— Elles sont chez des parents ou à l'hôtel réquisitionné par la préfecture et, dans un an, elles pourront revenir dans un immeuble tout neuf.

— Tout dépend les conditions qui leur seront faites et les remboursements des assurances.

— Là, le litige est flagrant : il y a eu une explosion, il n'y a aucune contestation possible.

— On a des nouvelles du gosse ?

— Non !

— Entre la disparition du petit, la police sans résultats, regarde le monde dans lequel on vit !

— Ils ne vont quand même pas clôturer l'enquête !

— Il faut du temps pour en arriver là !

— Par contre, la société de démolition ne semble pas vouloir perdre du temps et de l'argent !

— Il me semble que le facteur humain devrait primer.

— Non, c'est l'argent qui dirige tout.

— Ça n'a rien à voir, ils peuvent chercher tout en démolissant l'immeuble. Quant aux querelles d'experts, d'indemnisations, c'est classique, mais, comme ils ont pris des photos et que ce sont les mêmes pour tous, ils arriveront à se mettre d'accord.

— Ce sera long.

— Pas forcément. Il faut des autorisations, regarder les meilleures procédures, faire attention au voisinage : ce n'est pas si simple de concilier les différents services, les intérêts de tous, la sécurité ; là il faut reconstruire un immeuble, cela a un coût, ils doivent être habitués entre eux à trancher…

— Et puis, tu as vu ? Ils ont été en fin d'après-midi au café, c'est en général bon signe, pour sceller un consensus.

— Tu crois qu'après cela ils seront d'accord ? À chacun son métier, nous ne savons pas tout, ni ne pouvons tout savoir…

— Heureusement que non, sinon nous serions à la place de celui qui est en haut.

— Oui, et paraît-il qu'il a mal fini, ça ne lui a pas bien réussi…

— On subit, en général, les décisions des autres.

— Tu ne peux pas être compétent en tout ; chacun de par son instruction, son métier a une partie de responsabilité, nous assurons tous un secteur et faisons confiance pour le reste.

— C'est un peu le drame aujourd'hui, chacun juge de tout, a des avis sur tout sans être compétent.

— Regarde à la télévision, il y a toujours un spécialiste qui vient faire un tas de commentaires ; est-ce que tu crois que nous avons besoin de ce défilé ?

— Il y a toujours un économiste pour expliquer après coup les causes qu'on aurait dû voir. Mais lui, les avait-il anticipées ?

— Moi, j'en ai assez de tous ces gens qui viennent nous expliquer après coup ce qui semblait évident et que personne n'a vu venir.

— Sur des sujets scientifiques ou techniques, oui.

— Il faut éviter la pensée du troupeau, il faut que chacun se fasse une idée personnelle.

— Dans le cas de l'explosion, pourquoi l'immeuble n'a-t-il pas été entretenu ?

— Une personne a-t-elle oublié sa tournée de contrôle, repoussée pour une raison inconnue, a-t-elle subi des pressions ?

— Tu essaies d'accomplir un métier mais tu subis les avis, les instructions, les réactions et les différents jugements de ceux qui t'entourent : la famille qui entrave ou

81

pousse trop, faisant un enjeu d'orgueil, les professeurs, les amis, les voisins, les collègues de travail, les supérieurs, toute ta vie, tu es confronté à l'avis des autres mais tu dois faire ta propre idée, ton propre chemin.

— Il est difficile de s'extirper du moule ou du rang. Essaie d'en sortir. On te martèle après des phrases barrages idiotes : ah ! Mais vous n'avez pas eu de chance, vous n'avez pas rencontré les bonnes personnes... C'est ce que j'appelle le Dieu de la bêtise. Je prends un autre exemple qui en illustre l'esprit. Pour avoir un premier métier, il faut avoir déjà travaillé, il faut déjà avoir une expérience professionnelle, justifier d'un travail dans la catégorie, avoir déjà fait tes preuves ; mais comment tu peux faire si, pour commencer, il te faut déjà avoir un cursus dans la pratique ? Pour avoir un logement ou un crédit, il faut avoir un CDI, que tu ne peux avoir si tu ne commences jamais.

— C'est du foutage de gueule en permanence. Le « Ah ! Oui, mais il vous manque cela » : il manque toujours quelque chose. Ce sont des prétextes médiocres. Il ne manque pas à ces gens une bonne dose de bêtise mais une sacrée dose d'intelligence... Il faut rester dans sa petite cage et jouer au gentil petit toutou à sa mémère.

— On ne peut pas donner tout à tous sans conditions ni contrôles.

— Il y a un peu d'abus partout, je serais pour le « tu veux travailler et bien on y va, montre ce que tu sais faire, nous ne sommes pas idiots et si tu travailles bien, on saura faire ce qu'il faut pour te garder, montre tes qualités, ton dynamisme ». Maintenant les gens demandent les garanties de la retraite et de fin de carrière avant de commencer.

— C'est pour limiter l'accès aux nouveaux prétendants, alors que la concurrence, le nombre, la comparaison ne peuvent apporter que du bien et une hausse du niveau.

— Dis donc, tu as vu, la voiture des gendarmes vient de repasser.

— Oui, c'est inquiétant cette histoire-là. Regarde une autre voiture suit : ils débarquent en force.

Quelques instants plus tard, ils virent un gendarme pénétrer dans le bar, il leur montra une photo du petit, puis en distribua des copies en mentionnant que si quelqu'un le voyait, il fallait alerter le commissariat central puis il les quitta. Une petite dame brune, aux cheveux courts, le visage marqué par la vie, assise devant une bière secouait la tête de droite à gauche en guise de réprobation ; elle posa sa cigarette et s'exclama en jetant un regard circulaire dans la salle :

— Mais enfin, vous discutez là paisiblement, assis, mais vous y pensez à ce petit bout de chou ? Ce gamin est peut-être tombé par un soupirail de rue, il est peut-être coincé dans une cave, blessé, il est peut-être en pleurs, il appelle sa mère, désespéré, malheureux, il a peut-être froid, faim ou est en train de mourir, et vous, vous êtes là tranquillement, en train de deviser sur les difficultés de la vie.

— Que voulez-vous que nous fassions ?

— Vous pensez à sa mère, clouée sur son lit d'hôpital, affolée, en se demandant où a bien pu passer son enfant : à quoi pensez-vous ? L'avez-vous cherché ? Avez-vous aidé ? Vous êtes là, assis, vous n'êtes pas concernés, finit-elle d'une voix éraillée.

— C'est vrai, répondit une autre, elle a raison. Vous parlez, buvez, mais personne ne fait rien ; dès demain, je passerai dans la rue et demanderai à toutes les habitations de vérifier au moins leur cave.

— Nous pourrions avec le syndic et le buraliste écrire une affichette à placarder avec la photo partout dans les quartiers environnants, chez les commerçants.

— C'est vrai, chaque personne est concernée.

— Oh ! Là, de quoi donc allez-vous vous mêler ? Il y a déjà la gendarmerie, la police, laissez-les faire !

— À quoi ça sert d'être trente-six mille sur la question ?

— Ce gosse est bien quelque part !

Un des joueurs de cartes fit un mouvement de tête et dit :

— Qu'est-ce qu'ils nous font suer avec ce gosse ! Une voisine a dû l'héberger, elle a oublié de le signaler.

— C'est quand même une disparition d'enfant.

— Et si c'était le tien ?

— Qu'est-ce que tu veux faire, aller sonner à toutes les portes ? Le signalement a été diffusé, il faut attendre.

— Une personne va bien réaliser, elle doit bien lui donner à manger, des vêtements.

— C'est quand même préoccupant.

— Je ne vais pas aller faire l'andouille à chaque porte.

— Il faut se rendre utile, participer à la collectivité, être efficace.

— Qu'ils se débrouillent, allez, bats les cartes !

— Tiens, regarde ce qui passe, dit un joueur en regardant dehors dans la direction de la baie vitrée.

Un autre suivit son regard en disant :

— Tu as raison, quel visage bien maquillé ! Quelle chevelure, une beauté !

— Moi, je n'ai pas regardé si haut !

— Tu as vu ses talons ? C'est une professionnelle, elle travaille le soir dans un bar de la rue parallèle à côté du restaurant japonais.

— Moi, je n'ai pas regardé si bas tu vois, mais plutôt au

milieu…

— Vous, les hommes, vous êtes tous pareils, vous regardez toujours les fesses, dit une femme.

— Je n'y peux rien mais une grande fille dans une robe rouge moulante et une chevelure noire comme cela, ça me fait de l'effet, dit un autre en riant.

— Je n'y peux rien, j'ai des yeux et j'apprécie ce qui est beau.

Les réactions des gens sont vraiment curieuses, pensa un homme âgé assis dans un coin devant un « baby whisky » : chacun continue sa vie, ses pensées, sa routine, les gens partent au travail, reviennent, le temps passe… Quand est-ce que chacun apportera sa pierre, même à son humble niveau, pour aider ces deux êtres ? Chacun devrait faire un effort, se dit-il.

SIXIÈME JOUR

La démolition

Le lendemain, la démolition reprit. Dans le vacarme général, le godet de la pelle dévorait, déplaçait et chargeait les matériaux en contrebas. Toute la journée, dans un ballet précis, elle « mangeait » par pincées goulues mais hésitantes la façade et repoussait les pans de murs pour les abattre. La poussière, le bruit, dérangeaient le voisinage. Les heures passaient et les gens s'énervaient. Le quartier grondait contre les nuisances. Des gens parlaient de pétition. Le moteur de la pelle polluait ; à chaque reprise de force, un nuage de fumée noire sortait des échappements. Les riverains vivaient au rythme du travail de l'engin et des odeurs de gasoil. La poussière envahissait la rue blanchie et tous les appartements bien que les fenêtres demeurent closes. Les gens saturaient. À l'école, les instituteurs et institutrices avaient du mal à maintenir l'attention des élèves. Les premières pétitions circulaient : « Vous comprenez, c'est intolérable, inacceptable... » Les habitants se demandaient pourquoi la ville n'avait pas abattu le bâtiment par dynamitage comme on voit à la télévision. Il n'y aurait eu qu'un jour de nuisance, c'est tout.

Les deux derniers étages furent attaqués promptement. La pelle recommença son manège diabolique, les ferrailles arrachées s'ouvrirent et le conducteur de l'excavateur tirait et poussait sur ses manches de plus en plus vite au fur et à mesure que la hauteur diminuait. Les crocs s'ouvraient et se fermaient en cadence. La gueule d'acier s'ouvrit, béante, pour saisir le balcon, écrasa la rambarde, happa le béton et recula pour éloigner l'ensemble dans un bruit de craquements et de fissures… Le conducteur d'engins s'arrêta un peu à cause d'une douleur à la main. C'est vrai qu'il se crispait sur les commandes de sa machine depuis quelques heures. Il la mit au ralenti, bloqua le mouvement et descendit se frictionner la main et surtout le poignet ; il en profita pour prendre un café avant de se remettre à l'ouvrage. Il remonta, se remit au travail, le godet arracha lentement et en puissance le balcon de l'immeuble. La manœuvre était engagée… À ce moment, une main cogna promptement à la porte de sa cabine, il se retourna en quittant des yeux son travail, un de ses collègues monté sur le marchepied lui criait :

— Tu as vu le match, hier ? Magnifique. Quel but des trente mètres, quel boulet de canon !

L'homme arrêta ses gestes et sortit de sa concentration quelques secondes. Pendant ce temps, dans un fracas assourdissant le balcon s'écroula dans la benne. Un nuage de poussière obstruait toute vision. Attiré par le bruit, le conducteur regarda du coin de l'œil, tout est bien tombé, c'est bon, pensa-t-il. Puis se retournant, il rétorqua à son collègue :

— Il n'est pas prêt d'en remettre un autre de cette classe.

— Il paraît qu'il les passe à l'entraînement, il s'exerce sur des silhouettes… C'est du talent pur.

— Non, c'est de la chance pure.

— On prend le pari qu'il en repasse un dans le mois ?

— Je prends le pari que non.

— C'est du travail, il fait ça toute la journée.

— Je parie le repas de midi.

— On verra ça !

La poussière s'estompait… Tout allait bien. Il n'y avait

plus de balcon.

À l'hôpital, l'alarme se déclencha, les infirmières se précipitèrent dans la chambre. Du sang tachait les draps et la perfusion était arrachée. C'était la troisième alerte ; théoriquement, rien de grave n'aurait dû arriver, l'organisme de la patiente semblait s'améliorer dans le sens de ce qu'attendaient les médecins. Pourquoi avait-elle débranché sa perfusion ? Pourquoi cette volonté d'en finir ? Le médecin fut prévenu, les assistants s'affairaient. L'organisme de la jeune femme ne réagissait plus cette fois comme attendu. L'attention des spécialistes était à son comble, leurs gestes étaient précis, ils se comprenaient du moindre regard et se parlaient par des ordres brefs.

Le cœur repartit un temps et s'arrêta à nouveau. Chocs électriques, piqûres de soutien, massages, masques à oxygène, le réanimateur, concentré, avec des gestes professionnels s'activait méticuleusement en cadence le mieux qu'il pouvait en observant les réactions de sa patiente. Plusieurs fois, le cœur repartit, plusieurs fois l'espoir revint dans la salle. Au bout d'un long moment, le tracé du moniteur indiqua une ligne et une sonorité uniforme : le cœur s'arrêta de battre. Silence, son persistant de la machine… Rien ne venait répondre aux efforts du réanimateur qui redoubla ses massages à ce moment-là.

Il n'y avait plus rien à espérer, à entreprendre. Le spécialiste se releva, dépité. La jeune maman venait de quitter notre monde.

Au chantier la discussion allait bon train.
— Je prends le pari.
— Tu t'avances bien !

Le chef de chantier arriva et lança :

— Tu as bientôt terminé ?

— Oui, je compte achever ce soir, dit-il en rallumant le moteur dans un nuage de fumée.

La noria des camions-bennes continua tout l'après-midi. À dix-sept heures, les ouvriers quittèrent le chantier. Les voisins contemplaient le vide béant qui s'installait.

— Encore le rez-de-chaussée, puis on est tranquille.

— Non, il faudra tout déblayer, ça va encore prendre plusieurs jours de plus.

— Toujours des mauvaises nouvelles !

— Toujours pas de nouvelles du gosse, c'est étrange cette histoire.

— C'est curieux.

— Moi, je te dis qu'il a été enlevé et qu'il est bien loin.

— Oui, mais quelqu'un aurait vu quelque chose quand même, des témoins auraient vu un rôdeur.

— Tu sais, les gens ne savent même pas ce qui se passe au bout de leur couloir, alors... Sauf si c'est une jolie voisine un peu légère.

— Ils feignent de ne pas savoir mais ils sont curieux.

— Et ne veulent pas d'ennuis.

— N'empêche que là tout le monde est en défaut, curiosité ou pas.

— Personne ne sait où il est.

— Les affiches n'ont rien donné !

— Regarde l'enfant prisonnier du placard !

— Combien de fois entend-on : « Mais on ne savait pas et pourtant il habitait juste à côté ! »

— Regarde celui qui a tué, personne ne le connaissait, ne l'avait remarqué, et pourtant il habitait au bout de la rue parallèle et, en plus, le journaliste a eu le culot de dire :

« C'était un Français comme vous et moi, comme tout le monde. »

— D'une manière générale as-tu vu une considération entre les gens et les générations ? Les gens sont égoïstes.

— Ça me rappelle une chanson célèbre de Georges Brassens...

— Ça dépasse la jalousie et l'indifférence !

— Combien de personnes pensent : tiens, encore un petit vieux, pourquoi travaille-t-il encore celui-là ? Place aux jeunes, il faut laisser la place, ce sont les anciens qui créent le chômage.

— Tu voudrais que tout le monde soit à la retraite à cinquante-cinq ou cinquante-huit ans ?

— Mais il y a trop de chômage chez les jeunes pour payer les pensions de retraite.

— Si on replace d'office à partir de soixante ans les anciens par des jeunes, ça marchera.

— Tu oublies la hauteur des salaires et donc des cotisations et la formation, le niveau, le savoir-faire des jeunes et là, le bât blesse...

— Il y a un hiatus !

— Il y a bien un ministre qui trouvait anormal que les livrets A soient pleins, que les anciens se paient des voyages à travers le monde.

— Tu ne crois pas qu'il y ait à réfléchir un peu ?

— Ils sont libres.

— Et moi de refuser de payer pour des inconséquents.

— C'est bien difficile à trouver cet équilibre. Tu ne crois pas que c'est chacun pour soi ?

— Et Dieu pour tous ?

— Qu'est-ce qu'on entend sur les héritages ? C'est maintenant, que nous sommes jeunes, que nous en avons besoin, ce n'est pas à la fin de la vie.

— Tu sais combien de fois j'ai vu des anciens faire des donations à leurs enfants, voire tout donner, et qui se sont retrouvés complètement abandonnés à l'hôpital à la moindre maladie.

— C'est une honte, ce n'est pas correct !

— Combien de fois j'ai entendu : « Ils ont le chèque, ils ne viennent plus nous voir, on ne les voit plus. »

— Regarde, on crée maintenant des institutions parallèles pour les prendre en charge : où sont les familles, les enfants ?

— L'assistance des enfants devrait être obligatoire, pas forcément en argent mais en présence morale.

— Hélas… Tu rêves éveillé ! Pour certains, il n'y a aucune moralité.

— L'État se retourne sur celui qui peut payer, il n'y a pas que cela, parfois la famille qui reste se ligue contre celui qui a un peu de moyens…

— Quelqu'un disait que la famille était la plus belle ou la pire des choses.

— Il y a quand même des gens qui s'entendent et d'autres qui s'occupent de collectes, de redistributions…

— Il y a toujours des abus, des resquilleurs qui n'en ont pas besoin et qui revendent les dons récupérés.

— Il y en aura toujours, est-ce pour cela qu'il ne faut rien faire pour ceux qui en ont vraiment besoin ?

— Je ne sais pas si tu pourrais l'empêcher, il faudrait tout contrôler, avec fiche de paie, de chômage, les avis des mairies… Tu te rends compte !

— Justement, que font les services officiels ? C'est leur travail : il ne devrait plus y avoir de mendiants, de gens pauvres, sans logis, sans nourriture…

— On va te dire : « Quelle démagogie ! Quel populisme ! Tu cherches à te faire élire ? »

— Non, ça fait cinquante ans que je vois et entends les mêmes choses, au fond qu'est-ce qui change ? Les apparences de la société.

— Tu sais, ça fait cinquante ans que j'entends parler de l'Éthiopie et du Yémen.

— Tu as quel âge ?

— Cinquante-huit ans.

— Attends encore un peu, ça vient ; ton patron va essayer de te licencier parce que tu n'es plus assez performant, on va te dire de dégager pour prendre un jeune moins payé que toi ; ne va pas trop vite, ça arrive !

— Tu sais, toutes les considérations générales sont fausses.

— Crois-tu qu'une entreprise va se gêner si elle peut te remplacer par un jeune moins payé ?

— Non, bien sûr !

— C'est la marche des choses.

— Non, c'est le mépris et l'indifférence.

— Un peu de considération morale et financière pour ceux qui ont travaillé toute leur vie !

— Moi, je dis que c'est l'avancée de la bêtise.

— Regarde pour ce gosse, nous avons un exemple très simple devant nous, à part les trois dames qui étaient dans le bar, qui s'est inquiété ? Qui a voulu participer ?

— C'est normal, c'est la fibre maternelle qui joue.

— Pourquoi les hommes sont moins concernés ? Au nom de quoi ?

— Ça commence à changer, c'est le poids de la culture, l'école, la famille.

— Un homme, ça ne pleure pas, ça ne s'inquiète pas,

c'est dur, ça ne s'émeut pas…

— C'est curieux que personne n'ait rien vu.

— Il y a bien en journée des gens qui font des horaires décalés, des étudiants qui révisent, des gens chez eux, des retraités, des femmes de ménage, personne n'a regardé par les fenêtres, tout le monde était occupé…

— Tu as vu le nombre de personnes à visiter ?

— Il faut les interroger, il faut du temps.

Le policier chargé de l'enquête au central reçut un appel de l'entrepôt de décharges des gravats. Après les présentations d'usage, il entendit une voix lui dire :

— C'est au sujet de votre appel. Qu'est-ce que vous cherchiez l'autre jour ? Car j'ai l'impression que nous avons du sang dans des gravats.

— Nous nous demandions si un enfant n'était pas mort dans l'accident de l'immeuble, nous sommes à la recherche d'un petit enfant.

— Oui, j'ai également vu votre appel, et là nous avons des traces rouges qui ressemblent à du sang.

— Ce n'est pas possible !

— Depuis quand ?

— Dans les décharges d'hier.

— D'hier ?

— Oui, d'hier.

— Il y a du sang dans les gravats apportés dans les bennes les plus récentes.

— Ne touchez à rien, nous arrivons avec les scientifiques.

En général, les chauffeurs levaient leurs bennes et avançaient, tandis que le chargement glissait dans un bruit infernal, mais là des pans de décombres roulèrent sous les essieux du camion en gênant sa progression. Le chauffeur descendit pour juger et corriger sa trajectoire et, alors qu'il observait les gravats entre ses roues, il vit comme des traces rouges et se dit : bizarre, cela ressemble à du sang.

Le chef de poste, alerté, isola la zone et fit décharger les camions suivants un peu plus loin. Sur les lieux, avec mille précautions, les spécialistes en blouses blanches commencèrent à fouiller les tas de dépôts en provenance du chantier à l'aide de pelles et de bâtons. Un analyste effectua des prélèvements, il s'agissait bien de sang humain réparti en différents endroits. Les enquêteurs soulevaient précautionneusement les débris. Lentement, ils observaient sous chaque caillou, tas de briques, pans de mur, morceaux d'isolation, détritus les plus divers. Et bientôt, dans la laine de verre, la poussière, le linge entortillé et collé, ils découvrirent une main, puis un bras et un petit corps écrasé par les briques. Quand ils le transportèrent à l'institut médico-légal pour l'autopsie, ils s'aperçurent qu'un morceau de bois cassé avait pénétré l'omoplate droite. Le policier qui avait cherché quelques heures auparavant était complètement atterré : comment le petit garçon était-il arrivé dans le chantier ? Quand il avait inspecté, il n'y avait rien... rien... rien !

Avait-il oublié une pièce ? Était-il passé trop vite ? Il n'y avait rien dans le chantier ; il avait tout contrôlé, les étages avaient été nettoyés.

— On l'a donc porté cette nuit ? Comment ?

— Des gens se sont introduits dans le chantier cette nuit.

— Les collègues sont venus, alertés par des voisins.

D'où provenait le corps ? Était-il déjà mort ?

Abandonné ? Avait-il été transporté mort ou blessé ? L'enquête allait reprendre sur les conclusions du médecin légiste. Le chantier fut arrêté, la police revint enquêter.

— Tiens, voilà la flicaille.

Les questions fusèrent. Quelque chose leur avait échappé et ils voulaient savoir.

— Nous avons la mort du petit à éclaircir.

— Qui a nettoyé, lavé ?

— Comment se fait-il que personne n'ait rien vu ?

— Comment pouvez-vous être tous les jours sur place sans rien voir ?

— Vous-mêmes, policiers, vous êtes venus presque tous les jours !

Dès que la nouvelle se répandit dans le quartier, les critiques allèrent bon train contre l'incapacité des uns, la bêtise des autres.

— Je te l'avais dit, il a été enlevé, tué et ramené ici.

— Qui sait ce qu'on lui a fait à ce pauvre gosse !

— Quel calvaire a-t-il subi ?

— Où était-il, bon sang ?

— Un petit gosse, pourquoi lui, c'est injuste !

— Et toi qui crois en Dieu, pourquoi Dieu l'a-t-il rappelé ? Il n'avait rien fait de mal, bien au contraire !

— À quoi pensait ton Dieu et qu'est-ce qu'il faisait durant ce temps-là ?

— Il avait bloqué ses RTT et était parti en vacances ? questionna quelqu'un à côté.

— On peut blaguer, mais à toi qui es croyant, on peut poser la question : où était Dieu ce jour-là ?

— Amour et tout-puissant : eh bien ?

— Pourquoi le petit enfant tué, malade, avec un cancer,

tu appelles ça un Dieu d'amour et tout-puissant ?

— Tu sais, je ne crois pas en Dieu comme cela, il y a une différence entre les dimensions spirituelles et physiques, et je pense que les êtres sont libres et ont le choix de se comporter comme ils veulent. Au bout, je pense que ceux qui ont vécu d'une certaine manière, plus morale, plus noble dans leurs choix seront en quelque sorte récompensés. Le petit garçon avait-il été baptisé ? Était-il bien éduqué dans le bon chemin ou dans l'ignorance de ces préceptes ?

— Parce qu'il faut déjà être endoctriné pour être protégé ?

— Sur un chemin éclairé et protégé, chez nous, nous commencions le catéchisme très tôt. À l'âge du petit, nous avions une idée du bien faire, du mal, du mensonge, du respect à avoir vis-à-vis des parents, des adultes, des professeurs : va chercher ça à notre époque ; bien sûr, nous étions aussi espiègles et avions notre conscience à notre niveau, mais c'était un bon début. Je pense que si tu inculques les bonnes bases très tôt, face à toutes les perturbations futures, tu as de quoi déterminer ta route.

— Il y avait à l'époque des blousons noirs et des bagarres dans chaque bal de banlieue.

— Je ne dis pas non, mais c'était une minorité : aujourd'hui on ne peut même plus organiser de bals.

— Là, tu as l'innocence d'un petit gosse et d'une jeune mère qui ne demandaient qu'à vivre.

— L'innocence ?

— Tu ne vas pas me dire que tu ne crois pas à l'innocence, ce gosse faisait ses premiers pas dans le monde !

— Je crois aux mauvaises rencontres, aux mauvaises gens, aux mauvaises circonstances…

— Dès que tu parles d'innocence, il faut penser qu'il y a des prédateurs, des malades qui pensent : attends, moi je vais m'en charger de leur innocence...

— J'ai toujours été choqué par ces gens qui, lorsque tu leur parles de quelqu'un, ont toujours quelque chose à dire sur lui. As-tu remarqué que ce dernier est presque toujours négatif, ils déversent des critiques et parfois des torrents de boue. Qu'est-ce qu'ils en savent ? Ils cherchent à se grandir en noircissant les autres.

— Ça va plus loin, on dirait qu'ils savent tout, sont dans les hautes sphères et jugent de tout en critiquant tout, en détruisant tout.

— Des maîtres du paraître, des manipulateurs malfaisants, des prédateurs.

— Comment croire à un Dieu qui jouerait aux dés, lui oui, lui non ?

— Moi, je dis qu'avant lui, malgré nos disputes pour manger, nos rivalités, l'orgueil, voire nos bagarres, nous étions bien tranquilles avant son arrivée, sa morale, ses jugements...

— Sa morale a mis l'accent sur tous nos travers ; comment veux-tu que nous les délaissions ?

— Crois-tu que la morale, la peur d'un châtiment soient susceptibles d'empêcher les actes ?

Le soir des gens du quartier vinrent se recueillir en silence, poser des fleurs, allumer des bougies contre la balustrade, prier. La ville apprit par la presse le décès de la jeune maman. De toutes parts des personnes vinrent déposer des bouquets, des preuves d'amour. Durant la semaine une chaîne humaine de cœur et de compassion se forma pour rendre hommage aux deux victimes dans un élan spontané et digne. La ferveur communiait avec ces deux destins innocents disparus on ne sait trop comment ni pourquoi et qui ne demandaient qu'à sourire et éclore au soleil de la vie.

SEPTIÈME JOUR

Vous avez dit « responsabilités » ?

Le lendemain, les bars environnants et tout le quartier s'emportaient de mille commentaires.

— Comment ont-ils cherché ?

— Pas bien, la preuve.

— Je ne voudrais pas être à la place du conducteur d'engins !

— Moi, c'est surtout à la place des enquêteurs : comment ont-ils pu manquer un corps ?

— Une semaine de recherche pour rien !

— Mais que faisait cet enfant sur le chantier ?

— Comment était-il rentré sans clef, il n'était même pas à la hauteur de la serrure. On a dû le porter et l'exécuter ou le laisser pour mort après des sévices.

— Quelle histoire !

— Que lui est-il arrivé ?

— Qu'est-ce qu'il a subi ?

Les premiers résultats de l'enquête tombèrent assez rapidement : les policiers, les responsables médicaux et ceux du chantier restèrent sans voix. Le petit garçon n'était décédé que depuis quelques heures seulement des conséquences d'une violente chute qui correspondait à l'arrachage du balcon du deuxième étage : des organes avaient éclaté. C'est l'écrasement, au moment de la démolition qui l'avait tué. Comment était-il arrivé là ? Où était cet enfant auparavant ? Avait-il profité des travaux et des accès ouverts pour rentrer sur le chantier ? Était-il monté sans que les ouvriers ne le voient au moment de la démolition ? Les policiers n'arrivaient pas à reconstituer le puzzle de l'enquête. L'enquêteur principal vint sur le chantier et réunit les ouvriers. Il refit le point avec mille précautions, demanda à chacun ses gestes et actions depuis l'explosion, de quel étage il s'était occupé, ce qu'il avait nettoyé, déplacé, mis en sac. Il notait tout scrupuleusement. Il ne découvrit rien de nouveau, pourtant lui-même était venu, avait cherché et n'avait rien vu. Cependant au moment de la démolition, de l'arrachage du balcon, le petit était bien là et encore vivant !

Le conducteur de la pelle se souvint de sa pause pour se détendre les mains, de son café et de la reprise de la démolition. L'heure approximative de la mort de l'enfant, hélas, correspondait. Il était assis, atterré, ne pouvant plus bouger. Comment aurait-il pu savoir que ce gosse était en haut ?

Cette question tournait en boucle dans sa tête. Il n'était pas le seul, l'enquêteur n'arrivait pas à faire le vide et réfléchir correctement. Comment n'avaient-ils rien vu, comment le petit était-il arrivé là ? Abasourdis, choqués, gênés, enquêteurs et ouvriers du chantier travaillaient absents, les gestes lourds, l'esprit détourné, ailleurs.

— Nous, qui étions pressés d'en finir avec cet immeuble !

L'enquêteur se souvint que les experts avaient pris des photos pour étayer leurs rapports, calculs, estimations, décisions et confrontations. Face à l'incompréhension, aux questions, il voulait comprendre et trouver une explication satisfaisante. Allait-il trouver sur ces dernières un indice ?

Par où ce gosse était-il passé ? Il se rendit dans les bureaux d'une des assurances, réclama les clichés et observa les photos avec attention. Rien... Il ne vit rien de ce qu'il cherchait : pas de gosse endormi, recroquevillé sur le sol, rien. Toutes les pièces étaient vides, ainsi que les placards, recoins... Il vit les piliers, les fissures, les murs, les fondations tous les angles du bâtiment, les caves, l'effet de l'explosion, les encadrements des fenêtres déchiquetés, les lézardes autour des portes, les trous béants... Rien. Il demanda si toutes les photos étaient identiques. En général, les angles se recoupaient, mais il préféra se déplacer chez tous les intervenants pour toutes les observer et ne rien laisser au hasard... Il cherchait un indice. Sur l'une d'elles, il aperçut un léger détail, une légère différence. Sur la photo du balcon du deuxième étage prise de l'intérieur de l'appartement vers l'extérieur avec, cette fois, la lumière de côté, il y avait sur la droite de celui-ci une ombre projetée par le morceau de mur qui était tombé ; ce dernier formait avec le sol un triangle : une ombre signifiait qu'il y avait un espace. Le petit garçon pouvait-il être coincé dessous entre les deux dalles, celle du sol et celle tombée de l'étage supérieur ? Si l'on rajoute les morceaux de murs, la fibre de verre, le plâtre, les ferrailles et le bois... L'espace était réduit mais possible, compte tenu de la petite taille et de la corpulence du garçon.

L'enquête détermina que c'était le seul endroit dans lequel il pouvait se trouver, coincé entre le sol du balcon, un morceau du plafond supérieur et un pan de mur du côté effondré, enroulé ou recouvert par tout ce qui était tombé, paquets de poussière, de plâtre et de fibre de verre et tout ce que les ouvriers avaient amassé là et qui devait dégringoler avec l'arrachage du balcon. L'eau et le poids des charges avaient plutôt compacté l'ensemble.

Le policier chargé de l'enquête demeurait atterré : il avait été si près et si loin de la vérité ! Il était venu et avait stationné à quelques centimètres du lieu et, en plus, avait porté son regard dessus. Quand l'équipe d'enquêteurs se réunit pour faire le point et qu'ils observèrent l'ombre dans un angle formé par les deux dalles, le silence s'installa. Ils avaient du mal à parler. Par-delà toutes les conjectures, il n'y avait qu'à cet endroit que le gamin pouvait se trouver. Les mots, la pensée se figeaient devant la frappe soudaine du destin. Curieuse et malheureuse coïncidence, la maman et l'enfant étaient décédés presque en même temps.

En silence, ils se levèrent et rentrèrent chez eux, l'esprit paralysé, le pas lourd, et complètement dégoûtés, anéantis. Le capitaine fit son rapport.

Le lendemain la ville apprit par la presse les nouvelles et les grandes lignes de l'enquête. Tous les voisins des immeubles environnants allèrent à la messe d'enterrement. Le père fut présent. Un dernier adieu au destin de deux innocents. Le soir les échanges entre habitants furent plus ou moins dignes. L'incompréhension, la colère, l'interrogation, les reproches fusaient ; certains s'en prenaient au hasard, à la bêtise et à toutes les considérations ou déconsidérations de la vie ; d'autres s'en prenaient à la société. À quoi tient une vie ? La malchance ? Le manque de professionnalisme ? À l'excuse idiote : c'est la faute à pas de chance ? À un enchaînement de circonstances néfastes que rien n'avait pu stopper ?

Le groupe d'habitués du bar s'était reformé et assis traditionnellement aux mêmes places, avec les mêmes boissons, face à l'écran géant de l'établissement mais il était encore trop tôt pour le match et les discussions reprirent de plus belle :

— C'était écrit, c'est comme ça, tu ne peux rien y faire : c'est le destin.

— C'est facile de dire cela, si, à chaque seconde, nous ne sommes pas conscients des enchaînements de nos actes, il y a bien des responsabilités à déterminer.

— Où chercher ? L'immeuble est détruit !

— Autrefois, les gens croyaient que, parce qu'ils étaient pauvres, ils n'avaient que des malheurs et que le Dieu des riches préservait ces derniers.

— Dans tous les appartements, riches ou pauvres, tu peux avoir un défaut.

— Oui, mais les habitations sont plus soignées, les conditions de résidence ne sont pas les mêmes.

— Personnellement je ne vois pas, il peut y avoir autant de négligence ici ou là. Je mets de côté le Dieu des riches ou des pauvres, pas un seul n'aurait sacrifié un enfant, ou alors lui aussi serait devenu fou. Quant aux circonstances, situations, on oublie trop ses propres décisions ou actes dans le tumulte de chaque jour, nous vivons sans faire attention, nous ne faisons pas chaque heure la synthèse des minutes passées.

— Sais-tu pourquoi tu as traversé la rue au début plutôt qu'à la fin ce matin ?

— Alors, parlons du diable.

— Tu crois que le diable et le bon Dieu s'entendent et jouent à un coup à moi, un coup à toi ?

— Chaque jour le bon et le mauvais arrivent ; où vois-tu quelque chose d'écrit ?

— Regarde, ce matin j'ai fait tomber mes clefs et en marchant, elles sont allées sous le meuble, j'ai perdu quelques instants à les retrouver, je n'ai pas pris le même chemin, j'avais l'esprit occupé, j'ai failli heurter une voiture…

— Dis plutôt que tu as failli être renversé par une voiture !

— Que sont les circonstances néfastes qui s'assemblent et se recoupent, si ce n'est des bêtises humaines face à des cas incompréhensibles ou insuffisamment analysés et maîtrisés ?

— À quoi tient une vie ? À des considérations, à des recoupements d'un ensemble d'attitudes, de choix, d'actions brèves…

L'enquête conclut à une malencontreuse fuite de gaz, à un court-circuit, à un faux contact dû à la vétusté d'un immeuble dans le vieux centre-ville…

— Fuite de gaz, faux contact ?

— Il y a un entretien régulier, des remises aux normes, des contrôles programmés !

— Chacun est responsable de ses installations au moins vis-à-vis de l'assurance et pénalement.

— Et personne n'a rien vu, entendu ?

— Encore une excuse, c'est de la faute de la ville, ils veulent détourner l'attention.

— Soit il y a eu défaut d'entretien, soit quelqu'un a mal fait son travail, une fuite de gaz, un court-circuit, l'état des câbles se détectent. Travail bâclé ? Mais il y a un responsable du défaut, il faut le rechercher.

— Les experts ont retrouvé des canalisations éventrées, des fils dénudés, de très petits tuyaux en cuivre déchiquetés protégeant des câbles électriques comme le pratiquaient souvent les anciens, après l'explosion rien de probant.

107

— Et toi, ton Dieu, n'aurait-il pas pu leur laisser le temps de vivre, lui, le Tout-Puissant ?

— Tu sais, je ne suis ni aveugle ni idiot, je fais un tri dans la religion ; quand je dis « je suis croyant », je pense qu'il y a autre chose avant et après la vie, mais je ne crois pas que Dieu ou cette chose préside et conduit chacune de nos minutes. Tu disais l'autre jour : « Nous sommes tous faits d'atomes » ; mais je ne vois pas un atome penser : il y a donc autre chose. C'est nous qui nous déterminons en toute conscience, quitte à payer le prix plus tard de nos erreurs et de nos mauvais choix. Nous déterminons nos actes conscients, quant aux autres ?

— Mais là, ces gens n'ont pas choisi ?

— Ils ont subi le choix d'autres ! C'est en ceci que nous devons être irréprochables si nous le pouvons, car tout acte s'inscrit dans une collectivité et pour tout le monde.

— De toute façon, combien de chances avait le petit garçon d'être là et de trouver la mort ?

— Te rends-tu compte que les événements auraient pu se dérouler tout autrement et que ce fait divers aurait pu prendre une autre tournure ?

— Comment ?

— Imagine…

HUITIÈME JOUR

Les dés sont jetés ?

Le conducteur de la pelle, à l'aide du godet, poussa à droite et à gauche de l'ancienne fenêtre pour briser le mur, puis ouvrit la mâchoire d'acier pour mordre le balcon, les crocs puissants se refermèrent et il tira lentement sur le manche en jouant des deux manettes : fermeture et recul. Le balcon craqua et fissura la façade mais tenait encore par les ferrailles. Il dut serrer et reculer en puissance une seconde fois pour le désolidariser lentement des tiges de fer. Il vit les deux dalles se disjoindre et tomber du plâtre. Un cri sortit de sa gorge.

— Bon Dieu, qu'est-ce que c'est ? Mais qu'est-ce que c'est ? répéta-t-il.

Il sortit la tête de sa cabine, et observa, la main machinalement au-dessus de son front : on dirait un pied. Un petit pied ! Il arrêta ses gestes et scruta le haut du bras dressé. Ses yeux ne quittaient plus les crochets métalliques. Bon Dieu ! Il faut que j'écarte les mâchoires qui ont dû le compresser, se dit-il, mais si j'ouvre, le balcon risque de s'effondrer ! Il se remémorait ce qui s'était passé ces derniers jours : et si c'était le petit garçon ?

Délicatement, il desserra les mâchoires, recula et fit glisser lentement, très lentement, le godet sous le balcon. Il bascula le godet délicatement et le positionna en maintien sous la construction. Si ça tombe, ça tombe dedans, pensa-t-il. Là, je le tiens, il ne peut pas chuter. Il sortit en trombe de sa cabine en montrant du doigt le haut de la pelle. Son chef, les ouvriers se regroupèrent autour de lui. Le gosse,

110

c'est le gosse !

Le chef d'équipe, promptement, appela les pompiers. Le chauffeur remonta dans son engin et surveilla le haut pour que rien d'autre ne se passe. Les sauveteurs mirent vingt minutes pour se rendre sur les lieux. Ils déployèrent la grande échelle. Un pompier monta rapidement, puis, avec d'infinies précautions, inspecta la situation. Un petit pied dépassait d'une sorte de cocon de plâtre et de laine de verre. Au bout d'un moment, le responsable des pompiers vint se placer à côté du conducteur sur le marchepied de la pelle mécanique en liaison radio avec le sapeur monté en haut de l'échelle. Ce dernier s'avançait, le corps penché dans le vide avec lenteur et précaution, puis donna ordre de maintenir l'assiette du godet en l'ouvrant cinq centimètres par cinq centimètres. Le conducteur d'engins devait écarter son godet en souplesse, sans à-coups, et sans monter ou descendre les mâchoires en fonction des directives de l'officier. Par radio, le chef commanda au chauffeur et au pompier : « On y va à trois. Un, deux, trois... » Par mégarde, l'engin à cause de l'arrêt et de la chute de pression donna un premier à-coup à contresens. Le pompier recula en se tenant et se mit à jurer.

— Doucement ! hurla-t-il.

— Il s'agit d'ouvrir lentement, dit le chef.

Le conducteur s'expliqua, puis actionna le manche qui commandait les mâchoires ; elles s'ouvrirent de quelques centimètres.

— Doucement ! cria le chef.

Le pompier en action grattait et détachait tout un tas de débris entre les crocs d'acier d'une main tout en se tenant de l'autre à l'échelle au-dessus du vide.

— Tout est compacté, dit-il. Go, un, deux, trois ! J'ai de tout, du bois, du fer, une sorte de cocon.

C'est l'enfant !

Le godet s'ouvrit encore et un enroulement de plâtre et de laine de verre s'ouvrit. Avec une hache, il cassa les morceaux de bois qui étaient au-dessus et au-dessous de l'enfant et contre le corps de ce dernier, et demanda du matériel pour couper les tiges de fer repliées.

Puis il commanda :

— Montez et tournez l'échelle sur la gauche.

Il dut se battre pendant une demi-heure avec d'infinies précautions pour ne pas blesser l'enfant et le libérer des fers recourbés par le poids. Le pompier dégagea le maximum et descendit d'une marche.

— Descendez et remettez l'échelle dessous comme tout à l'heure.

— Attendez, doucement.

— On ne bouge plus, j'évalue.

Il inspecta longuement et calcula la tactique qu'il allait utiliser.

— Refermez le godet très, très légèrement mais un peu pour ne pas blesser le corps.

— C'est bon.

— Attention, je me déplace sur la droite.

Après avoir plongé plusieurs fois sa main et arraché des lambeaux de plâtre et de laine de verre avec insistance, il se sangla et se cala à l'échelle.

Il donna l'ordre d'ouvrir.

— Ouvrez calmement, doucement… Go !

Et là tomba dans ses bras la forme d'un petit enfant recouvert de poussière. Il le serra contre lui et se replaça en appui contre l'échelle, tout en le frottant vigoureusement pour le nettoyer.

— Je vais descendre…

Précautionneusement, avec calme, il descendit l'échelle et remit le petit aux services d'urgences qui attendaient au pied de cette dernière. Le pompier s'appuya sur le camion. Sans s'en rendre compte il n'avait pas ménagé ses efforts. Il avait une vie à sauver. Il était épuisé et transpirait à grosses gouttes mais il avait fait son métier.

La foule de badauds fut surprise que le SAMU mette la sirène d'urgence et parte en trombe. Le pompier répondit à quelques questions : le corps est encore chaud et l'enfant semblait respirer très doucement. Maintenant, est-ce qu'il vivrait et dans quel état était-il au juste ? On ne pouvait le dire. Au même instant à l'hôpital la maman se réveilla, esquissa un sourire et prononça :

— Mattéo.

Elle semblait s'apaiser. Ses rythmes se rééquilibrèrent rapidement. Le lendemain, la ville apprit la nouvelle. Elle fut parcourue par un profond soulagement. Les deux êtres avaient réagi à l'unisson dans une communication diffuse et secrète.

Nos piliers de brasserie se disputaient :

— Tu avais dit qu'il était mort ; tu vois, il faut être optimiste !

— C'est quand même curieux.

— Combien y avait-il de chances ?…

— C'est le hasard.

— Tu sais, le hasard, c'est quand il y a trop de probables qu'on ne peut les embrasser d'un seul regard ou raisonnement.

— Enfin, ça finit bien.

— Mais alors ce policier, quelle nullité…

— Ne va pas si vite, il est comme les autres, il ne voit pas à travers les murs.

— Tu sais, on disait autrefois : la critique est aisée mais l'art est difficile !

— Qu'est-ce que tu aurais fait à sa place ?

— Je serais monté avec un chien.

— Tu sais, les brigades cynophiles sont peu nombreuses par région. Et là c'était difficile de monter.

— Ah ! Tu m'agaces à la fin ! Il faut être logique.

— Tu sais on peut toujours disserter sur le hasard, quelque chose qui arrive à chaque fois, c'est une certitude ; là où était-elle ?

— N'empêche qu'avec ta logique et ta raison, un petit a failli y passer.

— Combien y avait-il de chances qu'il s'en sorte ?

— Moi, je poserai la question : combien y avait-il de chances qu'il reste coincé entre deux plaques, qu'il soit en train de dormir sur le balcon, de jouer dans la rue ou dans sa chambre ?

— C'est un miracle, une chance !

— Pour tout cela, il faut aller à Lourdes. Tu ne crois pas ?

— Je ne vois là aucune intervention céleste mais que des possibilités réelles face à un organisme, avec ses puissances et ses faiblesses qui peuvent arriver, bonnes ou mauvaises.

— Sais-tu que les enfants résistent mieux aux chocs dans un accident car leur squelette est plus souple ? Sais-tu qu'un corps qui abaisse très légèrement sa température peut rester plus longtemps en vie après un accident ? C'est scientifiquement prouvé.

— Quand même, au moment de la démolition ?

— Tout aurait pu arriver, le toit qui s'effondre, une rupture dans le vérin de la pelle, une fausse manœuvre… Toute action peut se terminer bien ou mal : c'est le jeu de la paille que tu tires.

— Peut-être.

— Toi, tu ne crois pas, ton fils n'aurait eu aucune chance.

— Face à l'inconnu, il aurait eu les mêmes ; il aurait pu tirer le mauvais sort.

— Finalement pour toi chance, probabilité ou Dieu, c'est tout comme !

— Non, les probabilités sont mathématiques.

— C'est comme le test de la tartine configurée.

— Quel test ?

— Dans la théorie quantique les scientifiques prennent un exemple : tu mets de la confiture sur une centaine de tartines, tu te lèves et tu les laisses tomber, une à une. Combien y a-t-il de chances pour que la tartine tombe sur le bon côté ou sur celui de la confiture ?

— On n'en sait rien.

— C'est vrai tant que tu n'as pas fait l'expérience. Avant, par exemple, sur une centaine de tentatives, tu peux espérer au mieux une chance sur deux. Fais l'expérience, tu auras peut-être soixante-dix chances sur cent.

— Tu as maintenant une certitude.

— Non, en aucun cas. Si tu refais l'expérience, tu obtiendras un autre résultat ; peut-être quatre-vingt-deux chances sur cent.

— Je ne comprends pas.

— Si tu refais l'expérience, tu obtiendras peut-être quarante chances sur cent à l'inverse.

— Mais alors il n'y a pas de vérité ?

— Il n'y a pas de certitude.

— Mais alors ceux qui commencent leurs phrases en disant « je suis certain » ?

— La certitude, c'est l'arrêt de la réflexion, l'ignorance.

— Il n'y a pas de vérité inscrite dans les Tables de la loi.

— Il n'y a que des volontés, des désirs, des espoirs et croyances.

— Les expériences ne se répètent que rarement dans le temps.

— Parfois, il ne vaut mieux pas qu'elles se recoupent, regarde l'accident de l'avion avec quatre ou cinq causes croisées.

— C'est curieux.

— Tu viens peut-être de comprendre.

— Mais alors s'il n'y a pas de vérité, il n'y a pas de Dieu ?

— Ce sont des manques et erreurs qui se cumulent et entraînent l'action déviante. Quant à la certitude, c'est un désert de méconnaissances...

— Un cumul de non-connaissances non maîtrisées.

— Celui qui est certain s'appuie sur sa croyance.

— Chaque instant, nos actions se recoupent avec une multitude, toutes sont dépendantes, se conditionnent les unes les autres, nous n'y pouvons rien.

— La croyance appartient à chacun.

— Prends une pièce, de quel côté va-t-elle tomber ?

— Tu peux passer ta vie à la jeter pour établir une loi : l'expérience ne se renouvelle jamais en résultats identiques sur un nombre de tentatives ou dans un temps compté.

— Mais alors...

— Tu es en train de comprendre.

— Les enfants ont une capacité de résistance hors du commun et aussi une grande fragilité. Personne n'est égal en composition ou résistance biologique.

— Personne ne peut dire s'il devait vivre ou mourir : il a vécu, c'est très bien pour lui et sa mère.

— Tu ne trouves pas que ta loi appliquée à la vie est bien curieuse ?

— Réfléchis un peu : nous ne partons pas avec le même bagage biologique et nous ne vivons pas isolés mais dans un système complexe d'interdépendances : avons-nous les mêmes chances ou possibles ?

— Nous sommes différents mais avons les mêmes chances, mais nous appréhendons, interprétons, ressentons et représentons différemment le monde dans lequel nous vivons.

— Tel un grand savant, tu peux dire que Dieu ne joue pas aux dés ou qu'il est étrangement subtil.

— Ou tu t'abandonnes au hasard, au gré du vent ou du calcul scientifique, si nous le pouvons…

— Dans notre cas concret, j'ai bien peur que ce soit un leurre.

Les voisins fêtèrent la bonne nouvelle, ils envoyèrent de gros bouquets de fleurs à la jeune maman et de nombreux jouets au petit garçon.

Les quatre compères se réunirent deux semaines plus tard à leur table devant leurs consommations préférées pour disserter sur le match du week-end. Le vieux monsieur prit sa place habituelle et observait au dehors comme dans la salle les mêmes personnes qui passaient ou s'affichaient ; il pensa en souriant : les gens sont prisonniers de leurs habitudes et de leurs façons de penser, ils sont si bien dans leurs murailles…

— Tu as vu, je te l'avais dit : de quoi parle-t-on dans la presse locale ?

— Du maire : savoir s'il va être réélu. Je dis dans un fauteuil et sans faire campagne.

117

— De la tenue transparente de l'actrice au festival.

— Tu appelles ça de l'art ?

— Elle est belle !

— Moi, je dis que c'est de la provocation.

— Elle est belle et elle le montre.

— J'espère qu'elle a du talent et que son film sera une réussite.

— Pourquoi tu penses que plus elle se montre et moins elle a de talent ?

— Pour moi c'est certain ! Elle ne crève pas l'affiche, on ne sait même pas si son film restera deux ans dans les salles.

— Aujourd'hui il faut paraître, se montrer, qu'importe la profondeur, le cœur, l'être, les vraies valeurs.

— Recherches du confort sans prise de responsabilité.

— À part ça ?

— Du match en préparation, le derby.

— Savoir si le cheval va rééditer son exploit de l'an dernier ?

— Oui, les jeux, l'argent, la distraction, le futile…

— On ne parle plus du gosse ni de la jeune maman. C'est déjà du passé. Nous sommes sûrs d'une chose : c'est que nous reverrons le petit moineau et sa maman.

— Ainsi passe l'information.

— Ainsi va le temps, la vie.

— Non, la bêtise humaine…

FIN

TABLE

PREMIER JOUR   7
L'accident

DEUXIÈME JOUR   25
Seul dans le tumulte

TROISIÈME JOUR   37
Que font les humains ?

QUATRIÈME JOUR   55
Disparition

CINQUIÈME JOUR   69
La recherche

SIXIÈME JOUR   87
La démolition

SEPTIÈME JOUR   101
Vous avez dit « responsabilités » ?

HUITIÈME JOUR   109
Les dés sont-ils jetés ?